陰キャだった俺の
青春リベンジ
天使すぎる
あの娘《こ》と歩む
Re ライフ

Niihama Shinichiro
新浜 心一郎
ブラック企業で身も心も
ボロボロになって倒れた末……
目が覚めたら高校二年生に
タイムリープしていた。
ブラック企業で培った社畜力で、
根暗で灰色だった青春を
今度こそやり直す。
思い出は美化されるものだけど、
紫条院さんの可愛さも明るさも天然さも記憶のままだ。
そしてそんな彼女とこんなにも話が弾むのはこれが初めてであり、
なんだかとても嬉しくなってくる。

「その、なんだか……
喋り方だけじゃなくて、やっぱり
昨日までの新浜君と
すごく変わった
気がします」
「そ、そうかな？」
「はい、なんだか
全体的に力強くなったというか……
男の子っぽさが上がって
素敵になったと思いますよ！」
紫条院 春華
天真爛漫で誰にでも優しく、
学校で一番と評判の美少女。
新浜に紹介してもらったことが
きっかけで、ライトノベルに
はまってしまう。

「俺は独自の提案をさせてもらう！
それが良いか悪いかクラスみんなに判断してもらうまで、
この会議は俺が仕切らせてもらうからな！」
そもそも俺はお前らの説得なんて不毛なことをする気はない。
俺の勝利条件は『空気』の形成。
俺の案を支持するムードでこの教室内を満たせばいいのだ。

Kazamihara Mitsuki
風見原 美月
クラスの文化祭実行委員。
真面目だが、協調性を重視するあまり、
クラスの出し物を全然決められず、
新浜の鶴の一声に助けられる。
「はふっ、はふっ、ほおぁ……
美味しいです！」

「未来が変わったのは、
ウチのクラスの出し物だけじゃないのも
忘れないでくださいね」
「え……？」
「私は今、とっても楽しいです。
けど自分のクラスが団結も熱意もない状態だったら、
私はこんなに浮き立った気持ちで
文化祭を迎えることはできませんでした。
だから……改めてお礼を言わせてください」
お互いの視線がごく近くで絡み合う中、
紫条院さんはそっと言葉を紡ぐ。

「ありがとう新浜君――
私にこんなにも
楽しい文化祭をくれて」

その先どれだけ年齢を重ねても思い出せる――
夢のように美しい思い出だった。

陰キャだった俺の青春リベンジ

天使すぎるあの娘《こ》と歩むReライフ

慶野由志

角川スニーカー文庫

23028

CONTENTS

プロローグ ▶ ごくささやかで、夢のように美しい記憶 003
一　章 ▶ 社畜から時を超えてあの頃へ 009
二　章 ▶ 二度目の青春のスタート 028
三　章 ▶ 放課後に憧れの少女と 049
幕　間 ▶ 紫条院春華の呟き 082
四　章 ▶ スクールカーストランク上昇中 084
五　章 ▶ 社畜のプレゼンテーション 129
六　章 ▶ 能力がある者は仕事を積まれる 164
七　章 ▶ 春華の挑戦とラブレター 196
八　章 ▶ 文化祭を、君と 224
九　章 ▶ 修羅な現場こそ社畜の華よ 252
十　章 ▶ 功労者に「ありがとう」を 269
十一章 ▶ 悪夢と膝枕 283
エピローグ ▶ この奇跡の日々を歩いていく 306
あとがき 316

illustration by たん旦
design by 百足屋ユウコ＋小久江 厚（ムシカゴグラフィクス）

プロローグ　ごくささやかで、夢のように美しい記憶

「新浜《にいはま》君はライトノベルに詳しかったりするんですか？」

「え……？」

突然そう話しかけられて、俺は放課後の図書室で完全に硬直した。

なにせ、その声の主と俺が私的な会話をするなんて全く想像していなかったのだ。

その女子生徒は、とてつもなく可愛かった。

黄金比で配置されたような美麗な顔立ちで、肌はまるでミルクを溶かしたように白く、微《かす》かに甘い匂いがする。長い黒髪は最上の絹糸のように艶《つや》やかで、輝く星のような瞳《ひとみ》は向けられるだけで男心を蕩《とろ》かす。

学校で一番の美人だと男子たちはよく熱っぽく噂しており、俺も全く同意見だった。

「あ、う……いや、その……ま、まあ多少は……」

そして、女子に慣れていない俺はそんな童貞感丸出しの返答を絞り出す。

少女とは正反対に、俺は根暗でオタクというテンプレートのような陰気キャラだ。

そんな学校内の地位が最低ランクに等しい俺がお城に住むお姫様のような存在と言葉を交わしていると、自分が身分違いを弁《わきま》えない罪悪を犯しているように感じてしまう。

「あ、やっぱりそうなんですね！　前に図書室で読んでいるのを見かけて、そうじゃないかと思ったんです！」

人を圧倒する美貌《びぼう》を持っているにもかかわらず、少女は非常に丁寧かつ明るい声で話し、気さくな笑みを浮かべた。そのギャップが、彼女の魅力を何倍にも引き上げる。

「その、出来たら助けて欲しいんです。実は本を探していまして……」

俺が極めて特異な状況でカチコチに緊張していることには気付いていない様子で、彼女は事情を説明し始めた。

少女は読書家のようで、ネットでよくジャンルを問わずにオススメの本を探しているらしい。そして、最近その中でレビュアーが熱烈に推しているライトノベルがあり、学校の図書室で探してみようとしたらしいのだが――

「うっかりタイトルを忘れてしまった上に、思った以上にライトノベルの蔵書があってどれがそうなのかわからないんです。主人公がバイクで色んな国を旅する話だとしか……」

「あ……えと、その、それなら……す、少し待ってて……」

その説明だけでピンと来た俺は、ラノベが配架された棚に近づいて奥の方にある目当ての本を手に取る。幸いそのタイトルは、ラノベや漫画好きな俺からすれば一発で特定できるほどの有名作だ。

「ど、どうかな……これで合ってる？」

「あ！　そうです！　確かにこの表紙でした！」

文庫本を渡すと少女はぱあっと顔を輝かせた。

「こんなにすぐにわかるなんて凄《すご》いですね！　とっても助かりました！」

ただ本を探しただけの俺なんかに、黒髪の美少女は眩《まぶ》しい笑顔を向けてくる。その飾らないストレートな感謝の言葉は、ただでさえ女子慣れしていない俺の胸に深く響く。

（それにしても……学校一の美人なのにライトノベルとか読むんだ……）

俺の好きなものを目の前の少女も好んでくれている。それで何がどうなるわけではないのに、何故かその事実が無性に嬉《うれ》しい。

「新浜君はきっとたくさんライトノベルを読んでいるんですね。何かオススメとかありますか？」

「え⁉　あ、いや、そ、その……」

期待を込めた瞳でいきなりそう聞かれて、会話がなおも続行すると想定していなかった俺は大いに慌てた。だがここで何も言わない訳にはいかず、どんな本を薦めたらベストか、焦りに汗を流しながら普段使っていない脳をフル回転させる。

そして、なんとか結論を出し、再びラノベの棚に近づいてオタクとしての経験に基づいて女の子にオススメできそうなやつをピックアップする。

「そ、その、あくまで俺の好みだけど……」

「わっこんなに！　あ、でも、どれも雰囲気が似ててとても良さそうです！」

「あ、うん、探していた本と同じような系統の作品を選んだから……」

読書家かつラノベに慣れていない様子だったので、入門としてできるだけ一般小説に近い傾向の作品を選んでみたのだが、どうやら正解だったらしい。

「え、オススメの中でも私に合いそうな作品を選んでくれたんですか？　あ、ありがとうございます！　気を遣わせてしまってすみません！」

誰もが憧《あこが》れる美麗な少女は、驚いたことに俺なんかに頭を下げた。

「でも、思いもかけず大収穫になってとてもありがたいです！　あまり今まで話したことはなかったですけど、新浜君ってとても親切なんですね！」

「――――……」

その裏表が一切ない言葉は、俺にとって非常に鮮烈だった。

高校生の俺達は、もう相手を値踏みすることが当たり前になっている。

イケメンやスポーツマンは皆が一目置く反面、俺みたいなオドオドしたオタクは往々にして軽んじられる。

だが、彼女の瞳や声にそんな気配は一切含まれていない。

俺の学校での地位や陰気な雰囲気など目に入っていないように、子どものような純真さで感謝を告げてくれていた。

「今日ここに新浜君がいてくれて良かったです！　本当にありがとうございますっ！」

そうして、夕暮れに染まる図書室で彼女は満面の笑みを浮かべた。

その天使のような美貌と澄み切った清流のような心が合わさった完璧《かんぺき》な笑顔に、俺はこれ以上ないほどに胸を揺さぶられた。まるで心の中に直接春風が吹いたかのように、目も心も釘付《くぎづ》けになり――永遠の絵画となって脳裏に焼き付いてしまった。


それは、後から振り返ればなんでもないささやかな出来事だった。

彼女にとっては何ら特別な事ではなく、おそらくすぐに忘れてしまっただろう。

実際、これ以降に彼女と特別親密な関係になった訳でもない。

けれど――根暗で友達も少なく、周囲に怯《おび》えてばかりだった灰色の青春時代において、それは唯一の光が射した瞬間だった。

その先どれだけ年齢を重ねても思い出せる——夢のように美しい思い出だった。

一章 ◀ 社畜から時を超えてあの頃へ

「…………夢か……」

時は深夜。

残業中のオフィスで机に突っ伏して眠ってしまっていた俺——新浜心一郎《にいはましんいちろう》は、スーツ姿の自分以外誰もいない空間へ呟《つぶや》いた。

懐かしい夢を見た。もう永遠に取り戻すことはできない刹那《せつな》の情景を。

だが……甘美な夢は幻と消えて、覚醒《かくせい》した意識は否応《いやおう》なしに酷《ひど》い現実を認識させる。

「俺の人生……どうしてこうなったんだろう……」

社会人生活を始めてから十二年……今夜もまた俺の肩には理不尽がのしかかっていた。

目の前にあるのは机からはみ出すほどの書類の山だった。

その全てが俺に課せられた仕事であり、明らかに一人で片付けられる量を超えている。

これは本来上司の仕事なのだが、その本人が終業時間間際に『明日までにやっておけよ！』と俺に押しつけたのだ。

「はは……入社して以来こんなんばっかだな……」

高校を卒業してすぐ入ったこの会社は完璧にブラック企業であり、俺は今まで残業代の出ないサービス残業、百日連続出勤、常軌を逸したクレーマーの対応、無茶苦茶《むちゃくちゃ》な納期の仕事などを延々やらされてきた。

「頑張ればいつか報われるなんて、会社のアホな言葉を信じてもう三十歳か……」

俺の中で何かが限界に来ているのか、普段は心の中だけにしまっているドロドロした感情が喉元にせり上がってきており、無人のオフィスへ言葉として漏れ出てしまう。

「給料は死ぬほど安くて全然出世できないで、ただただ使い潰《つぶ》されて……」

摩耗しているのは精神だけじゃない。ここ数年は目眩《めまい》や身体の震えが頻繁に襲ってきており、白髪もどんどん増えている。悪夢で飛び起きることも一度や二度ではない。

そんな劣悪な環境の会社に勤め続けたのは、ただ単に辞める勇気がなかったからだ。

「本当に俺って昔から相変わらずの陰キャだよな……暗くて臆病《おくびょう》で努力嫌いで……闘わないといけないことからすぐ逃げて、その時に楽な方ばかり選択する……おまけに童貞で……はは、ははは……」

不意にこみ上げてきた涙が瞳に滲《にじ》む。

就職して以降、もう何百回目かわからない真っ黒な絶望が押し寄せてくる。

いいや、就職した後だけじゃない。俺の人生は学生時代から失敗だらけだ。その証拠に美しい記憶なんて何も残って――

「いや……」

悲嘆に沈みかけた時、ふと先ほどの居眠りで見た夢の光景を思い出す。

それは本当にささやかな記憶で、思い出と呼ぶのもおこがましいけど……。

俺はスマホを操作して、古いクラスの集合写真を拡大して表示させる。

そこに写っているのは、長い黒髪を持つ少女の姿だ。美麗という言葉を体現したかのように見目麗しい少女は、写真の中で純真な眩《まばゆ》い笑顔を見せている。

「紫条院《しじょういん》さん……」

紫条院春華《しじょういんはるか》。美人でお嬢様で、けれどとても優しくて――俺の憧れだった高校の時のクラスメイトだ。

同じ図書委員だった紫条院さんは俺なんかにも気さくに話しかけてくれた。彼女と言葉を交わした僅《わず》かな時間こそ俺の人生で一番美しい思い出だ。

（……けれど……）

しかしそれも、紫条院さんが『あんなこと』になった今となっては胸に暗い影を落とすばかりだった。あの記憶が綺麗《きれい》だからこそ、その反動は鋭い痛みとなって胸を刺す。

もう俺には、心を癒《い》やす記憶がなにもない。

人生で得られたものも何もない。俺のこの十二年は、ただ失っていくばかりだった。

——どうしてだ？　どうしてこうなった？

選択を間違えたのはもうわかりきっている。

だけど、どこをどうすれば……正しい道を探し続ける強い俺になれたんだ？

「多分……高校が最後のチャンスだったんだろうな」

俺が子どもでいられた最後の時間。大人になる前の大事なその時代を、俺は根暗オタクから成長せずただ無為に過ごした。

「学生の時に少しも強さを身につけなかったから、その後十二年経ってもこのままなんだ。臆病で自分の人生に対して何もできないで……ずっと陰キャのままだ……！」

そんな俺に待っていたのは、当然のように破滅的な未来だった。

「まだ三十歳なのに過労で内臓はどこもボロボロ！　母さんは女手一つで俺を育ててくれたのに、ブラックで擦り切れていく俺を心配しすぎて早死にさせてしまった！」

抑えきれない情動のままに、自分を呪うような言葉が口からとめどなく溢《あふ》れる。

「妹はそのことで俺を嫌って絶縁状態！　金もなければ俺が死んで悲しむ奴もいない！」

そして俺は、おそらくこの最悪な状態からこれからもずっと変わらない。

自分を変えたり闘ったりすることから逃げてばかりいた俺は、これから歳をとっていけばさらに卑屈になっていくだろう。

「……戻りたい……っ！　あの頃に戻りてえよぉ……っ！」

俺は子どものように泣きじゃくり無人の職場で叫んでいた。

「今なら……今ならわかるんだ！　あの頃の時間がどれだけ大切だったか！　何かが欲しいなら闘わないといけないって……この歳でやっとわかったんだ！」

あの頃からやり直したい。

失敗だった俺の人生を。

この胸に駆け巡る狂おしい後悔があれば、今度こそ俺の人生は――

「う……っ？　あ、が……!?」

不意に胸が締め付けられるように苦しくなり、上手《うま》く呼吸ができなくなる。

(な、んだ、これ……！)

過労による貧血や不整脈は何度も経験しているが、こんなのは知らない……！

「ひゅ……あ、あ……ぎ……！」

突然の苦しみに机の上でのたうち回り、山積みの書類が机からバサバサと落ちる音がひどく遠くに聞こえる。手足から熱が失《う》せて急速に冷たくなっていき、息ができなくて全身が酸素を求めて悲鳴を上げている。

尋常ではない苦しみに、嫌でも悟る。これは普通の発作じゃない。

自分の身体が終わっていくのが、ハッキリとわかる。

（あ、ああ……おれ、しぬの、か……）

全身の力が失われていく中で、俺の脳裏に濁流のような過去が押し寄せてくる。

バラバラになってしまった家族。

息を殺して過ごした灰色の青春。

搾取され続けたブラック漬けの日々。

悲嘆、自己嫌悪、未練、苦悶《くもん》、そういった自分を呪うような感情が、胸の奥へ蝕《むしば》むように広がっていく。考え得る限り最悪な思い出が走馬灯のように巡り、動かなくなっていく身体と共に心も漂白されて真っ白に戻っていく。

その過程で全ての気持ちと記憶が分解されていき――

俺はそれに気付く。

今の今まで自覚していなかった、俺の致命的な失敗を。

（…………あ……）

ある意味俺の人生を決定づけてしまったと言える欺瞞《ぎまん》。

俺の陰キャ性を象徴するかのような、あまりにも情けない事実。

偽っていた自分の気持ちをようやく自覚し、最後の最後だというのに俺の中で人生最大の後悔が膨れ上がって渦巻き、もうすぐ命と共に消えるはずの心を激しく苛《さいな》む。

(……こんな、ことを、しぬ、まぎわに、きづく、なんて……)

自らへの呆《あき》れを最後に、いよいよ意識が混濁していき、俺は酷使し続けた体の終わりを悟る。とうとう、流されるだけの人生を送ってきた愚か者に、最期の時がやってきたのだ。

(は、はは、で、でも)

意識が形を失っていく中で、最後にデスク上のスマホが視界に入る。

そしてその画面上に映る、紫条院さんの眩《まぶ》しい笑顔が――

(さいごに、みるの、が、きみでよかった――)

最後にそんな胸中の呟きを残して――俺の意識は深い闇の中に消え去った。

＊

「…………んっ……う…………？」

窓から差し込む太陽の光が俺の意識を覚醒させる。

チュンチュンと雀の鳴く声が朝を告げ、俺は布団から起き上がる。

「あ……れ……？　俺は、確か……」

ぼんやりした頭で記憶を探る。

俺の名前は新浜心一郎で、ブラック企業に勤める社畜の三十歳だ。

昨日は確か深夜まで大量の仕事を抱えて残業中で――

「そ、そうだ！　かなり強い心筋梗塞《しんきんこうそく》みたいなやつが来て！」

あの痛みと命がなくなっていく感覚を思い出し、俺は完全に目を覚ます。

これは絶対に死ぬと確信したけど……こうしている以上俺は生きているらしい。

とすれば、ここはどこかの病院なのか？

「え……ここって……？」

周囲に視線を巡らせると、この部屋が病室じゃないのは明らかだった。

そして俺のアパートの部屋でもない。

「実家の……俺の部屋……？」

大量のゲーム、アニメの主人公のポスター、すっかり物置になっている勉強机に漫画やラノベばかり入っている本棚……間違いなく俺の学生時代の部屋だ。

「……いや、待て……そんな馬鹿な……」

俺はその状況の異常さに気付き、かすれた声を出した。

何故なら、この部屋はすでにこの世に存在しないはずなのだ。

俺の実家は母さんの死後に解体され、とっくの昔に空き地になっている。

「なんだこれ……俺は夢でも見ているのか……？」

呆然《ぼうぜん》と部屋を眺めるが、ひどくリアルでとても夢とは思えない。

しかも何故か、身体が妙に軽く全身に活力がみなぎっているような感覚があった。

「一体何がどうなって……なぁっ⁉」

困惑する視線を部屋の窓に向けた時、俺は頭が真っ白になった。

何故ならそこに映っていた姿は、くたびれた三十歳の俺ではなかったからだ。

（な、ななな、何だこれ……⁉　お、俺の顔が……！）

その姿を自分だと、すぐには信じられなかった。

あまりにも若々しい……と言うかガキにしか見えない自分の顔を、震える手でペタペタと触る。白髪は一本もなく、荒れ果てていたはずの肌はツヤツヤだ。

身長はクラスでも平均的であり、顔のレベルは、まだ仲の良かった頃の妹から『身だしなみさえちゃんとすればそこそこじゃない？』と言われた程度だが、ブラック生活で染みついた目の下のクマと血色の悪さが消えた分、別人のようにフレッシュに見える。

「この若さは……高校生ごろの俺……なのか？」

ありえなすぎる事態に、未《いま》だに理解が追いつかない。

この状況に対する合理的な説明なんて、やっぱり夢くらいしか思いつかない。

だけど……だけどもし……。

これが夢でないとしたら？

「若い身体の俺に……もうこの世に存在しないはずの俺の部屋……まさか……」

ラノベやゲーム好きな俺は、この状況を説明できる現象にすぐ思い当たる。

いや……だけど、いくらなんでもそんな……。

「そ、そうだ携帯！　ってうわっ⁉　懐かしのガラケーだ！」

勉強机の上に置いてあった折りたたみ式のそれをパカリと開けると、今日の日付が目に入る。そこに表示されていたのは――

「じゅ、十四年前……⁉　俺が高校二年生の年⁉」

それを見て、俺の頭に浮かんだ仮説がさらに現実味を帯びる。

タイムリープ。

ここは過去の世界で、俺は一度死んで意識だけがここへやってきたという仮説だ。未来の経験と記憶を保持し、まるでゲームの古いセーブデータをロードしたかのように。

もちろん到底信じられる話ではない。だが、それ以外に自分が若返っていたり、失われたものが存在している理由が説明できない。

「…………………」

妄想が具現化したような状況に呆然と固まる。思いついた仮説があまりにも荒唐無稽《むけい》で、社畜生活によって夢や希望を失った俺のキャパを超えている。

そして、俺がどうしていいのかわからずに途方にくれていると――

「あら？　物音がすると思ったらもう起きてたの？　今日はずいぶん早起きね」

ガチャリとドアが開き、部屋に入ってきたその人を見た瞬間――俺は若返った自分を見た時の何百倍もの衝撃を受けて固まった。

「かあ……さん……」

「？　何？　まだ寝ぼけてるの心一郎？」

俺の最後の記憶よりも遥《はる》かに若いその人は、もう二度と聞けないはずだった声で、俺の名前を呼んでくれた。

生きている。

生きて、喋《しゃべ》っている。

俺への心配から倒れて、そのまま亡くなってしまった母さんが――

「か、母さん！　うわあああああああああああ！」

「ちょっ、どうしたの高校生にもなって！　変なものでも食べたの⁉」

困惑する母さんに縋《すが》り付いて俺は泣きわめいた。

涙は激情のままにどんどん溢《あふ》れて、いつまでたっても涸《か》れることはなかった。

＊

あまりにも懐かしすぎる高校の制服に身を包んだ俺は、かつて毎日通った通学路を歩きつつ、さっきまで体感していた奇跡を思い出していた。

(まさかもう一度母さんに会えるなんてな……)

母さんに再会して身体の水分を出し尽くすほどに泣いた俺は、しばらくした後にやっと落ち着きを取り戻して『母さんが俺のせいで死んでしまった夢を見た』と朝っぱらからの号泣の理由を取り繕った。

それに対して母さんは『もう、縁起でもない夢を見ないでよ』と言いつつも俺の不安を払うように頭をぽんぽんと叩《たた》いた。

その子どものころからのあやし方にまた涙が出そうになったが、再びこらえきれなくなる前に『もう、いつまでも夢なんかでメソメソしていないで、さっさと着替えて学校に行きなさい！　遅刻するわよ！』と活を入れられてしまった。

そうして俺は、自室のハンガーに吊《つ》られていた学生服の懐かしさにしばし呆然となりつつも急《せ》かされるままに着替えを済ませ、追い出されるように家を出たのだ。

そして今に至るのだが——

（正直まだ混乱してるけど……これはもう、間違いないよな……）

どれだけメチャクチャな話でも、生きている母さんを目の当たりにしては認めるしかない。ここは十四年前の世界で、今の俺は記憶だけが大人の現役高校生なのだ。

その確信は、街を歩けばあちこちに見つかる過去の光景にどんどん裏付けされていく。

（すげえ……『昔』が溢れてる……）

スマホがまだ普及していないこの時代に、街行く人々が手にしているのはガラケーだ。チャットアプリや高グラフィックな携帯電話用ゲームがまだないためか、歩き携帯をする人は社畜の俺のいた時代に比べてかなり少ない。

コンビニにしても、吸収合併されて姿を消したはずのサーベルケーやゴゴストアなどが当たり前のように存在している。

(母さんに急かされて家を出たけど……街の光景が昔な事より、おっさんなはずの俺が学生服を着て登校している現実が一番信じられない……。というか俺今から本当に学校へ行って授業を受けるのか……？　冗談じゃなくてマジで……？)

学校と言われても遥か過去の記憶すぎて、学生服を着て登校中の生徒に交じって歩いているのがとてつもない変態行為のようにすら思える。

それでもこうやって登校のルーチンを実行できているのは、人生で多くの時を過ごした学生時代の習慣と、社会人として遅刻を強く忌避する心のおかげだった。

(ん？　いや、ちょっと待て……ここが過去ってことは……)

今更ながらその事実に気付いて、俺は思わず道の真ん中で足を止めてしまった。

(俺はこれから学校に行って……家に帰って……それを繰り返す生活がまた始まる……。明日《あした》も明後日《あさって》も、この年齢から毎日を刻み直していく……)

この過去世界が一夜の夢ではなく俺にとっての現実であるのなら、俺はここから十六歳として年齢を再度重ねていくという事に他ならない。

(つまり——もう一度、自分の人生をやり直せるってことなのか……!?)

今体験している奇跡の価値を正しく認識し、俺は瞠目《どうもく》したまま身震いした。

人生やり直し。それは、未来で惨めに絶命する直前に渇望したことでもあった。

（……本当に……そんなことができるのなら……）

このタイムリープの理屈も原因もさっぱりわからない。だけど、俺がこの胸に荒れ狂う『後悔』を抱えてこの時代に戻ってきたのなら――

（やることは決まっている……！）

灰色だった俺の人生を変える。

自分を鍛える努力を惜しまず、誰かと戦ってでも欲しいものへと手を伸ばす。

後悔しかなかった過去の全てへ、絶対にリベンジする……！

（母さんの事だってその一つだ。今度の人生は……ちゃんとした道を歩んで絶対に心配はかけない。美味《お い》しいものをご馳走《ち そう》してあげたり旅行に連れて行ったりして、たくさん幸せになってもらうんだ……）

母さんの事以外にも後悔は無数にある。というか俺の人生はありとあらゆる項目において後悔まみれである事に気付いて、我ながら己の一生の酷《ひど》さに嘆息する。

とりあえず、社員の人生を破壊するブラック企業には絶対入らないと固く誓う。

（あれ……？　そう言えば……）

未来世界――一度死んだ身としては〝前世〟とでも呼ぶべきものの最後の最後に、俺は何かを思い出したはずだった。

悔いるべき何か、今際《いまわ》の際にやっと自覚した『致命的な失敗』を。

だけど、思い出せるのはそんな情報程度で、具体的に俺が最後に何に気付いて自分自身に呆《あき》れたのかが思い出せない。

なんだか、極めて重要な事だった気がするんだが――

(まあ、おいおい思い出すだろ。それよりも今は十二年ぶりの学校だ)

制服に袖《そで》を通して通学路を歩いていると、早朝の冷たくて清涼な空気が心地よかった。

社会人だった自分が薄れていき、高校時代の自分が戻ってきているような気がする。

(当時は行くのが億劫《おっくう》だった学校がなんか楽しみになってきたな。勉強もスポーツも何もかも頑張ろうって気になってる。未来があるってこんなに素晴らしい気持ちなのか……)

何にでもなれる。どこにでも行ける。俺がそんな若さの価値を噛《か》みしめていると――


「あ、新浜君。おはようございます！」

不意に聞こえた涼やかな声へ振り返る。

そこには、彼女がいた。

俺がおっさんになっても忘れることができなかった、青春の宝石。

憧《あこが》れの少女と時を超えてもう一度出会うことで――何も手に入らず終わったはずの俺の物語が、再び始まったような気がした。

二章 ◀ 二度目の青春のスタート

在りし日の思い出が目の前に現れて、俺は胸がいっぱいになった。

長く艶《つや》やかな美しい髪。

宝石のように澄んだ大きな瞳《ひとみ》。

大和撫子《なでしこ》という言葉を体現したような清楚《せいそ》な佇《たたず》まいと美貌《びぼう》。

心の美しさを表す屈託のない笑顔。

俺が学生時代に憧れ続けていた少女——紫条院春華《はるか》はそこにいた。

「あれ、どうかしましたか？　なんだか凄《すご》くびっくりしていますけど……」

紫条院さんは、俺の記憶のままに令嬢らしいおやかな話し方をしており、所作もどことなく上品だ。

「紫条院《しじょういん》さん……」

それもそのはずであり、彼女の実家である紫条院家はこの土地に古くからある名家で、父親は全国展開する大型書店の社長だ。まさに現代のお姫様と言っていい。

「あ、ああ、いや、ちょっと寝ぼけちゃってさ。おはよう紫条院さん」

「はい、おはようございますっ！」

にっこりと笑顔を向けてくる紫条院さんはとても可愛い。

彼女は決して自分の優れた容姿や家が大金持ちなことを鼻にかけずに、こうして学校の日陰者である俺にもとても優しい。

これで胸は豊満でウエストは引き締まっているという反則的なプロポーションをしているのだから、男子たちが揃《そろ》って魅了されるのも頷《うなず》ける。

（こんなに素敵な子なのに……未来ではあんな……）

再会した少女の綺麗《きれい》な顔を眺めながら、俺は前世において彼女の辿《たど》った運命を胸の痛みと共に思い浮かべた。

高校卒業後、紫条院さんは大学を経てとある会社に就職したが、その美しさと明るさから人気を得て仕事も堅実にこなしていたらしい。

しかし……そんな紫条院さんに対して、『美人で男性社員の注目を集めるのが気にくわない』という醜い嫉妬《しっと》から職場の女性社員たちによる壮絶なイジメが始まった。

私物を隠す、仕事の失敗の濡《ぬ》れ衣《ぎぬ》を着せる、悪い噂をこれでもかと流す、膨大な量の仕事を押しつける。連日取り囲んで罵詈雑言《ばりぞうごん》を浴びせる——これでもまだほんの一部だ。

紫条院さんは真面目な人だったからか、家族にも相談せず必死に勤め続けた結果……精神をひどく病んだ。

しかも時期を同じくして実家の企業も経営不振に陥って、古くからの名家である紫条院家は没落してしまった。このせいで、家族が娘の状態を把握するのが遅れた。

その結果……紫条院さんは思い詰めた挙げ句に自ら命を絶ってしまった。

被害者が大会社の令嬢ということでニュースでも詳細に報じられ、俺はブラック生活の最中でその残酷な事実を知った。

（あの時は……メシも食えなくなるくらいショックを受けたな）

前世で紫条院さんとの接点は僅《わず》かであり、特別に親しいとは言えなかった。

けれど、灰色だった俺の青春において、彼女と交わしたささやかな会話こそ唯一の光であり、胸の奥で輝き続ける宝石の思い出だったのだ。

彼女の美しさもさることながら、誰に対しても純真に接するその綺麗な心を、ほんの一時だけでも俺なんかに向けてくれたことが嬉《うれ》しかった。こんな女の子がこの世に存在するというだけで、救われた気持ちになれた。

だけど——そんな俺にとっての宝石は無残に打ち砕かれた。

形は違えど、俺を苦しめたブラック企業と同質の社会の理不尽によって、彼女もまた押し潰《つぶ》された。あまりにも皮肉すぎるその事実に、俺は世界の嘲笑《ちょうしょう》を聞いた気がした。

彼女の訃報《ふほう》を聞いた時に抱いた悲嘆とやるせなさは……死を経た今でも忘れられない。

（……それを知っている俺なら、その運命を変えることもできるのか？）

もし俺が未来を変えられるのなら、俺は絶対に彼女を救いたい。

そのための具体的な方法なんて今はまだわからない。

けど、今はとにかく十二年ぶりに再会した彼女と言葉を交わしてみたかった。

「紫条院さんは朝から元気だな」

「ふふ、昨日も遅くまで本を読んでいましたから。こう見えて今日はお布団から出るのが大変だったんですよ。ほら、『ゼロの使いっ走り』の七巻です！」

図書室から借りたとおぼしき本が入ったコットンバッグから、ラノベを取り出して紫条院さんは笑った。そこでふと、読書家だった彼女はラノベにハマって以来、バトルやミステリーなど色んなジャンルも愛好しだしたのを思い出す。

「ああ！　あの巻面白いよな！　特に主人公のゲンナイが主人を守るために七万の軍勢に一人で立ち向かうのがすっごい熱くて！」

「そうなんです！　この胸にぎゅーっと来てる感動を分かち合えて嬉しいです！」

驚くほど自然に、俺は憧れだった紫条院さんと時を超えた会話を交わしていた。

それは、前世では覚えがない鮮烈な体験だった。

「あれ……新浜《にいはま》君、今日はなんだかいつもと様子が違いますね」

「え？　そ、そうかな？」

「はい、いつもは言葉少なめで顔も伏せがちな感じですけど……今日はとても明るくてちょっとびっくりしています」

その指摘は全くもって正しかった。

俺と紫条院さんは同じ図書委員であり、彼女がラノベを探しているのを手伝った時に俺達は初めて私的な言葉を交わした。

その後も、明るい紫条院さんは俺に挨拶《あいさつ》してくれたり、たまに『これ面白かったです！』と話しかけてくれることもあったのだが、童貞の俺は学校のアイドルの眩《まぶ》しさに、『あ、う、うん……よかった』みたいなオドオドした返事しかできず、あまり会話が広がることがなかったのだ。

（まあ大人になった俺だって別に陽キャにクラスチェンジできた訳じゃないけど……社会人になると『話すのが苦手』なんて言ってられなくなるからなぁ）

何せ仕事においては、気後れするような美人だろうがヤバいクレーマーだろうがパワハラ全開の上司だろうが、嫌でも話をまとめないとならないのだ。

それができなければさらに周囲から叱責や嫌みが飛んでくるのだから、自然とある程度の会話術や振る舞いは身につく。

「ああ、紫条院さんを見て、ボソボソした喋《しゃべ》り方はやめようって決めたんだ」

「え……私ですか？」

「そう、紫条院さんはいつも元気に話してくれるから、凄く話しやすいなって思ってたんだ。だから俺も見習って今後はハキハキ喋ろうって気になってさ」

まあ、そもそも就職した直後に声出し大好きな体育会系上司に何度もキレられて、ボソボソ喋りはできないよう調教されたんだけどな。

「そ、そうなんですか？　その……なんだか褒められてるみたいでくすぐったいです」

好感度稼ぎのようにもとれる俺の言葉に、紫条院さんはただ照れくさそうに頰をかく。

彼女は優しくて明るくて――そして子どものように天然だ。

だからこそ彼女を狙う男子がわんさかいる高校生活においても熱い視線をまったく理解せずに、この容姿なのに恋人が出来ることはなかったのだ。

「あ、それって図書室に返す本だろ？　重そうだし俺が持つよ」

「えっ、悪いですよ。私今回は十冊も借りちゃって……」

「いいって学校なんてすぐそこだし」

言って、俺は彼女が持っていた本入りのコットンバッグをさっと手に取った。

……っておい⁉ 今半ば無意識で口と手が動いたけど、何やってんだ俺⁉

(し、しまった！ 職場のクセだこれ！)

職場には何人ものオバさんたちがいたのだが……これがまたムカつく人らで、荷物を抱えた彼女らに出くわすと『男なんだから言われなくても「僕が持ちますよ」って言いなさいよ！ まったく気が利かないわね！』と憤慨した。

そんなことが何回もあったので、俺は女性が重そうな荷物を運んでいると半ば反射的に『重そうですし持ちますよ』と声をかけるクセがついてしまったのだ。

「あ、ありがとうございます。その、正直ちょっと借りすぎて……実は少し腕が辛《つら》くなっていたんで助かりました」

(よ、良かった……いきなり親切の押し売りをするキモい奴とは思われなかったか)

思い出は美化されるものだけど、紫条院さんの可愛さも明るさも天然さも記憶のままだ。

そしてそんな彼女とこんなにも話が弾むのはこれが初めてであり、なんだかとても嬉しくなってくる。

「その、なんだか……喋り方だけじゃなくて、やっぱり昨日までの新浜君とすごく変わった気がします」

「そ、そうかな？」

「はい、なんだか全体的に力強くなったというか……男の子っぽさが上がって素敵になったと思いますよ！」

「ぶ……っ！」

　こんな男子の理性を破壊する台詞《せりふ》を、満面の笑みでさらっと言えるのが紫条院春華という女の子だった。

　は、破壊力がすごい……！　胸がギュッと締め付けられる！

（はは、けど……そんなふうに言って貰《もら》えるのなら、あの人生の浪費みたいだった十二年間も少しは糧になっていたのかな……）

「あ、ありがとう。正直そう言われると凄く嬉しい。それにしても、本いっぱい借りたんだな。どれか面白いのあった？」

「はい！　どれも中々読み応えがありました！　まず——」

　紫条院さんと他愛ない話をしながら通学路を歩く。

　周囲に同じ学校の生徒はさほど多くないが、中にはオタクで根暗な俺と美人で有名な紫条院さんが一緒に歩いていることに良《い》い顔をしない奴もいる。

だが今世では強く生きると決めた俺は気にしない。

そして、人の目に怯《おび》えてばかりいた前世では得られなかった紫条院さんとの登校も、この決意あってこそのものだ。

俺は改めて青春へリベンジする決意を固めつつ、二度と会えないはずだった憧《あこが》れの女子との会話に心温まるものを感じていた。

＊

(おお……あの頃の教室だ……)

校門を潜った時も下駄箱《げたばこ》で上靴に履き替えた時も感慨深かったが、かつて長い時間を過ごした自分の教室に足を踏み入れると、懐かしさはひとしおだった。

机、椅子、黒板、それにこのザワザワした雰囲気……そうそうこれが教室だよな。

「じゃあ新浜君。放課後はまた頑張りましょう」

「え……？　あ、うん。わかったよ」

紫条院さんが教室の入り口での別れ際にそう言い、とりあえず返事はしたものの何の事かはすぐに思い出せなかった。

放課後……？　放課後のことって一体……あ！

そうか、図書委員の仕事だ！

（そうだった。そもそも俺なんかと紫条院さんに接点があるのは、図書委員で一緒だったからだもんな）

そしてどうやら、今日がその当番の日らしい。

まあ、それについては当然行くとして……今は目の前のことを考えよう。

（さて俺の席は……お、ここか。うわー、この木製っぽく見える机と椅子懐かしい……）

正直自分の席もどこなのかサッパリだったが、幸いにも見覚えのある体操服袋が下がっていたため見分けができた。

机を探ると中に入れっぱなしの教科書やノートが出てきて、まるでタイムカプセルを発掘したように面白さと懐かしさが混じる。

（うわーうわー！　あの頃のノート！　ははっ今見ると雑な板書してるな俺！）

俺がしばらくノスタルジーに浸っていると、チャイムが鳴って朝のホームルームが始まった。十二年ぶりなのに、『起立、礼』にはノータイムで反応できてしまうあたり、子どもの頃に染みついたことって凄《すご》いなと思う。

そして担任教師からの話が終わり——最後に一人の女子生徒が壇上へ上がった。

メガネをかけたミディアムヘアの少女で、十分に可愛いと言える容姿をしているが、その表情は淡々として何を考えているのかよくわからない。

俺も人のことを言えた義理ではないが、正直印象が薄い。

(……ええと、名前は確か……か、かざ……何だっけ?)

「今回の文化祭実行委員になった風見原《かざみはら》です。先日からお願いしている出し物の案の締め切りが来週までとなっているので、何か案がある人はさっさと私まで連絡してください。あと、毎年『女子のビキニ喫茶』とか『教室でキャンプファイヤー』とかのバカタレな案が必ず出てくるそうですけど、その手のやつは全部破り捨てますので」

メガネ少女——風見原は特に感情をこめずに事務的に通達して、さっさと自分の席に戻っていく。その様は、なんだか物事にドライなOLを連想させる。

(しかし文化祭か……今ってそんな時期なんだな……)

今思い出したのだが、ウチの高校は確かに文化祭の開催時期が春だった。正直前世では特に印象深いこともなかったので、さほど思い入れもない。

(ま、まだ先のことみたいだし、今はまず久しぶりの高校生活に慣れる方が大事だよな。授業とか必死に思い出さないといけないしなぁ)

〝今世〟とでも言うべき二周目の世界にやってきてまだ一日目の俺は、これから慣れていかないといけない多くの事で頭がいっぱいであり、そのイベントの告知を頭の隅に置いておくに止《とど》めた。

というか今日の授業に数学があるんだが……微分積分ってどう解くんだっけ……？

＊

「おい……新浜」

「え……？　お前は……ひょっとして銀次《ぎんじ》……か？」

時は授業の合間の休み時間。

俺に話しかけてきた男子生徒は、俺の高校時代唯一の友人山平銀次《やまひらぎんじ》だった。

俺と同様にオタクだが短髪でさっぱりした容姿であるため一見運動部のようにも見える。

これは本人曰《いわ》く、『オタクっぽいカッコしてたらすぐイジメられるだろ。これは俺なりの防衛策なんだよ』とのことだ。

こいつとだけは、卒業後も何度か酒を飲んだことがある。

「は？　何だよひょっとしてって。まあそんなことより……お前どういうことなんだ⁉」

「どういうことって……？」

「とぼけるな！　紫条院さんだよ紫条院さん！　何で今朝、お前と一緒に話しながら登校してたんだ！」

「何でもなにも……登校途中に通学路で会って、紫条院さんが図書室から借りた本をいっぱい抱えてたから代わりに持って教室まで来たんだよ」

「は……はあああああ⁉　ボソボソ声で可愛い女子には照れてまともに話せないのがお前だろ⁉　いつからそんな少女漫画のイケメンみたいなことができるようになったんだ⁉」

いやまあ、別に意識してやったわけじゃなくて社畜時代の習性だったんだが……確かに高校時代の俺からすれば信じられない行動だろう。

「というかお前……全体的にいつもと違わないか？　喋り方はえらいハキハキしてるし全身のオドオドオーラが消えてるし……ひょっとして異世界転生して長く苦しい旅の果てに昨日地球に帰ってきたとか？」

惜しい、異世界転生じゃなくてタイムリープだ。

「ああ、大当たりだ銀次。実は昨日まで違う世界にいてな。酷い奴隷労働組織に捕まって人格否定級の罵声《ばせい》を浴びながら早朝から深夜まで働かされて、周囲の仲間の精神がおかしくなっていく環境で十二年耐えてきたんだ」

「はは、そりゃひでーな！　ダーク系異世界かよ！」

残念ながらブラック系の現実だ。

まだピュアなお前には笑い話だろうが、これは決してファンタジーじゃなくて今この時代にも存在する悪魔の深淵《しんえん》なんだ銀次。

ああけど……こうやってこいつと馬鹿話するのは久しぶりだ。

俺は今あの頃に戻っているという実感が強くなる。

「まあ紫条院さんは優しくて天然だから俺らみたいな奴にも気さくだけど、あんまりハシャがないほうがいいぞ。運動部のエースやらイケメンリア充やらがあの子を狙《ねら》ってんだから、お前シメられちまうぞ」

へぇ、リア充って言葉この時代にもう存在したのか。

「悲しいけど俺らみたいなオタク系は学校内の地位が最低だからな。ちょっと目立って『上』の奴らに目をつけられたら最悪イジメの標的になりかねないって」

(学校内の地位……いわゆるスクールカーストか。あったなあそんな概念も)

今思えばたかだかガキの集団がマウントを取り合うなんて、なんとも滑稽《こっけい》な不文律だったなあという感想を抱く。

いやまあ……大人になってもどこの大学を出ただの年収いくらだので、マウントの取り合いが消えるわけじゃないんだが……。

「ま、気をつけるよ。忠告ありがとな銀次」

とは言え……誰に目をつけられようが俺は二度目の青春を自重する気はない。

他人からの攻撃に怯え続けて何もしなかった結果が灰色の青春時代であり、奴隷であることを辞められなかった社畜時代なのだ。

俺は俺の願うままに動く。

今度こそ後悔しないために。

＊

そして……俺が固く決心したその日の内に奴は現れた。

「おい、クソオタクの新浜。こっち向けよ」

時は昼休み。自販機の前で財布を取り出していた俺にそいつは声をかけてきた。

（こいつは……火野《ひの》か！）

制服を着崩して耳にピアスをつけたガラの悪い男の名前は、すぐに思い出せた。

こいつは気の弱い生徒を標的にして、『なぁ、ちょっと小遣いを恵んでくれよ。俺達トモダチだろ？』と迫り、断る気配を見せると『ああんっ⁉　俺を舐《な》めてんのかてめえっ⁉』

校内でこいつに出会ってしまった時の血の気が引く感覚や、胸ぐらを摑《つか》まれて怒鳴られる恐怖はよく憶《おぼ》えている。

当時のこいつは俺にとって恐怖の対象であり、出くわさないようにとコソコソと身を隠して移動するほどに怯えていたのだが――

（ぜんっぜん怖くねえ…………）

あの頃抱いていた恐怖は何だったんだと言いたくなるほど、目の前の品のないピアス男に何の威圧感も覚えない。それどころか高校生でピアス穴を開けようというその反骨心に子どもっぽさを感じて、若干微笑ましくすらある。

「いいところで会ったぜ。なあ、今日もトモダチの俺に小遣いをくれよ新浜。ちょっと昼飯代を忘れちまってなあ」

火野はニヤニヤと馬鹿にしきった表情で俺を見ている。まあ実際この頃の俺はこいつにとって格下のカモだったのだろう。だが――今は違う。

「は？　嫌に決まってるだろ。なんで俺がお前に金を渡さないといけないんだ」

「な……っ⁉」

俺があっさり拒否するのが予想外だったのか、火野は驚きを露《あら》わにする。


と強面《こわもて》で恫喝《どうかつ》するのだ。

「ふざけんなよおい……っ！　てめえがそんな口利ける立場と思ってんのか⁉　生意気なことを言ってるとボコボコにすっぞ！」

「うるさいな。お前のヤンキーごっこに付き合ってられるかよ」

「ご、ごっこ……？　てめえ、本気で俺を怒らせてえのかっ！」

「ごっこだろ？　そもそもお前って見た目だけをそれっぽくしたファッションヤンキーだろうが。本当は誰かを殴って問題になる勇気もないくせに」

そう、当時はわからなかったが、思い起こせば実際に火野が誰かをボコったただのシメただの話は全く聞かなかった。教師に刃向かうわけでもないし、今冷静に見てみると気合いが入った本物のヤンキーとは思えない。

「カツアゲもあんまり額が大きいと問題になるから、何人もの気弱な生徒からローテーションでチマチマ小金を巻き上げて大ごとにならないようにしているんだろ？　そんなセコい奴がいくら吠《ほ》えても怖くないっての」

「な、な……！　て、てめえぶっ殺す！　クソオタクの新浜のくせに俺を馬鹿にしやがって！　どうなるかわかってんだろうなぁぁ！」

やはり図星だったのか、火野が顔を真っ赤にしてキレた。お得意のでかい声で恫喝してくるが、そんな脅し文句が通用するほど俺はもう青くない。

かつての社畜生活において、上司どもは俺に様々な脅しをかけてきた。

『この仕事は君がやってよ。じゃなきゃ君の勤務評価は……わかるよね？』

『俺にたてついてみろ。明日からお前の仕事は、地下倉庫で何年経っても終わらない備品整理になるぜ』

『パワハラの事実なんてなかったと言え！　なんならお前こそパワハラの主犯だったと他の奴らに証言させることもできるんだぞ！』

思い出すだけで醜悪な事例の数々だが、会社という小さな世界を牛耳る権力者どもの力は絶大で、俺はたびたび涙を呑《の》んだ。

（アレに比べればこいつは俺に何のペナルティを科す力もないただのガキだ。どんなにでかい声でわめこうが全然怖くない）

「で、どうするんだ？　殴るなら早くしろよ。ほら、どうした？　騒ぎで人が集まってきたからできないか？　悪ぶってるくせに停学や退学にビビってるのか？」

「こ、このクソオタクが……！　なめてんじゃねえぞ！」

火野が俺へ手を伸ばす。

挑発のままに殴ってくれたら俺にとって都合が良かったのだが、奴の狙いは俺がジュースを買う直前だったため手に持っていた財布だった。

母さんから渡された三千円が入った俺の財布を、奪ったのだ。

「はっ！　クソ生意気な口をきいた罰に今日は財布ごと貰《もら》ってやる！　さて、中身は……ちっ！　たかが三千円ぽっちかよ！　シケたオタクは財布の中身までシケてやがんな！」

三千円ぽっち。

ははは、三千円ぽっちか。

よくも俺の前でそんなガキ丸出しの台詞《せりふ》を吐けたもんだな……！

「だがこれで済んだと思うんじゃねーぞ！　今度きっちりシメて……っ!?」

言い捨ててこの場を去ろうとした火野の言葉が途中で止まる。

俺が両腕を伸ばして、奴の胸ぐらを摑み上げたからだ。

「てめえ、何しやが……っ」

「黙れ」

怒りと侮蔑《ぶべつ》を込めて火野を睨《にら》むと、セコいファッションヤンキーは俺から攻撃的な感情を向けられると思っていなかったのか、気圧《けお》されたように目を見開く。

「金を奪おうとしたな？」

口から滑り出た声は、自分でも聞いたことのないほどに冷徹な響きとなっていた。

「三千円ぽっちなんて言った上に、それを奪おうとしただろって聞いてるんだ」

「はっ！　だったらなんだって――」

「ふっざけんじゃねえええええええええええええ!!」

大音量で叫ぶと、火野も周囲にいる生徒たちも呆気《あっけ》にとられて固まる。

「何が三千円ぽっちだ馬鹿野郎……！　それだけ稼ぐのに、どれだけの苦労が必要かわかってんのか!?」

俺は完全にキレていた。

間違いなく火野は自分で稼いだことなんてない。

金の重みもありがたみも全くわかっていない。

そんな正真正銘のクソガキが母さんが仕事で稼いだ金を奪おうとしたことに対し、俺の中で信じられないほどの怒りが迸《ほとばし》っていた。

「腕が腱鞘炎《けんしょうえん》になるほどキーボードを叩《たた》いて！　時には頭のおかしい客に罵声を浴びせられながらペコペコ頭を下げて！　一つでもミスしようもんならバカ、ボケ、死ねと責められて！　金ってのはそんなクソみたいな思いをして、やっと手に入るものなんだよっ!!」

その辛《つら》さも知らないガキがヤンキーごっこで軽々しく他人の金を奪うのは、もはや処刑ものの罪だ。無知で許される範囲を超えている。

「お前なんかどれだけヤンキーぶろうが、メシも寝床も何もかも親に養ってもらっているぬるま湯に浸《つ》かった坊ちゃんなんだよ！　今度俺の親が稼いだ金を盗《と》ろうとしてみろ！　マジで殺すぞ……っ！　わかったかオイ！」

「あ……う……」

「わかったかって聞いてんだっ！」

「あ、ああ……」

俺の金を軽く見ているバカへの怒りが効いたのか、火野は混乱気味に返事をした。

ぺたんと尻餅《しりもち》をついてしまったエセヤンキーの胸ぐらから手を離して財布を回収し、俺は周囲から凄《すさ》まじく注目を浴びているのを自覚しながらその場を離れた。

三　章　放課後に憧れの少女と

（やっちまったあああああああ！）

午後の授業が終わり、俺は激しく後悔しながら放課後の廊下を歩いていた。

頭を抱えている原因は、もちろん昼休みの火野《ひの》との一件だ。

（人生であんなにキレたのは初めてだったな……俺があれだけ叫べるなんて自分でも知らなかった）

だが、我ながら仕方がないとも思っている。

俺は社会に出て、父さんが早々に亡くなってしまった家庭で母さんがどれだけ苦労して俺たち兄妹《きょうだい》を養っていたかを思い知った。

その母さんがくれた金を、働いたこともないガキが堂々と盗っていこうとしたのだ。とてもじゃないがブチキレずにはいられなかった。

（まあ火野は小物だから何か仕返ししてくるとも思えないけど……俺が不良と喧嘩《けんか》してた

なんて噂が広まるのは困るなぁ……。ま、もう過ぎ去ったことを考えるのはやめよう）

どっちみち、あのままみすみす財布を奪われるという選択肢はなかったのだ。

（よし切り替えだ！　今は紫条院《しじょういん》さんと一緒に図書委員の仕事をする大事な時間に集中しなきゃな！）

そう決めて図書室の扉を開けると――

そこには、窓辺に立って放課後の景色を眺めている紫条院さんの姿があった。

夕方へ移ろいゆく空からのそよ風が、少女の長い黒髪をなびかせる。

整った顔立ちも、輝くような髪もその静かな佇《たたず》まいも――ただ美しい。

（戻ってきたんだな……この思い出の景色に）

俺の宝石のような思い出――紫条院さんと初めて接点を持った場所もこの放課後の図書室だった。永遠に戻れないはずのあの美しい記憶の中に、俺は今再び立っていた。

「あっ、新浜《にいはま》君！　お疲れ様です！」

「ああ、お疲れ様紫条院さん。ごめん、待たせちゃったか？」

「いいえ、今来たところです！」

まるでベタなデートの待ち合わせのようなやり取りに、俺はささやかな幸せを覚える。

まあ、前世はデートなんて一回も経験せずに終わったけど……。

「よし、それじゃ早速始めるか！　ええと、まずは本の整理だったかな？」

「はい、ピカピカの新刊が届いたのでその配架です！」

やる気に満ちた紫条院さんの声と同時に、仕事は始まった。

前世では俺に美少女と堂々と話せるほどの勇気はなかったが、あの頃とは比べものにならないほど強靱《きょうじん》なメンタルを手に入れた今は、図書委員のパートナーとして円滑に言葉を交わすことができる。そのことが、俺はとても嬉《うれ》しかった。

＊

「期限を過ぎたのにまだ本を返してくれてない人がまたいっぱいいますね……」

「こいつとこいつか……大体常習犯だな」

作業している内にだんだん思い出してきたのだが、図書委員は新刊の配架、書庫の整理、日誌の作成となかなか仕事が多い。

そして今手をつけているのは、本を借りても期限内に返さない奴への対応だ。

「どうしましょう……今まで何度期限切れを連絡しても、なかなか返してくれなかった人ばかりですね」

「完全にこっちを舐《な》めてるな……よし、もういっそ迷子の呼び出しみたいに昼休みの放送の時に名前を晒《さら》して『本を返してくださーい！』って言おう」

「え、ええ!? この人たちはちょっと気難しい人ばかりですよ!? そんなことしたらもの凄《すご》く怒るんじゃないですか!?」

「一応、『今借りてる本を今週までに返さなかったら校内放送で名前を言う』って警告はしておくよ。それでも返却期限を無視し続けるなら……本当にやる」

職場の取引先にも、こっちの指定した納期や約束を平気で破る奴はいた。

そしてそういう奴は大抵こっちを舐めているので、俺が『ちゃんと約束通りにやってください！』と言っても、無視されるかのらりくらりとかわされるかのどっちかだった。

だがそれを放置していたら、俺の仕事が遅れて上司がキレる。

そこで俺はその約束破りの社員だけでなく、その上司や周囲へまとめて『おたくの社員と約束したこの件の期限が過ぎているのですがどうなってます？』とメールを出したのだ。

すると効果は覿面《てきめん》で、そいつは慌てて約束の書類を提出してきた。

こっちを舐めているその不真面目な社員も、自分の職場内で『こいつは約束が守れない奴です』と晒されるのは大ダメージだったというわけだ。

「ま、もしそうなったら名指し放送は俺がするし、トラブルになっても俺が話をつけるよ。

人気の新刊は待っている生徒も多いんだから、独占して返さないっていうのは流石に野放しにできない」

「…………………」

え、紫条院さんが黙り込んでる……？

し、しまった！　つい社畜的思考で発案したけど、高校生にとっては手段が過激すぎてドン引きさせちゃったか!?

「……本当に、新浜君じゃないみたいです。考えることも、言葉もすごく力強くて……」

「そ、そうかな……」

どうやらドン引きしていたわけではなく俺の別人のような変化に驚いているようだが、それも無理はない。なにせ俺の中身はあの頃から十四年も余計に年を重ねてしまったのだ。

「はい、けれど……それでも新浜君なんだって思います」

「え……？」

言葉の意味がわからず目を瞬かせる俺に、紫条院さんはそっと微笑む。

「新浜君は前々から、人気の本が貸出中になっていてがっかりする生徒の皆に申し訳なさそうにしてました」

その口から語られるのは、根暗で無口な高校生だった頃の俺のことだった。

「他にも本やカードを整理する時に次の人が使いやすいよう気を遣ったり、汚れた本を頑張って綺麗《きれい》にしようとしたり……そういう優しいところはそのままに、大人になった感じで素敵だと思いますよ」

「……紫条院さん……」

全く想像もしていなかった言葉に驚くと同時に、胸が熱くなる。

あの陰キャだった高校時代の俺を、そんなに見てくれていたなんて……。

「それにしても、喋《しゃべ》り方を変えるだけで別人みたいに大人っぽくなれるなんて驚きです！　なんだか私も試したくなってきました……！」

「え？　いや紫条院さんはもう十分明るいだろ？」

天然少女は生真面目な顔でイメチェンを希望するが、一体何を変えたいと言うのか。

「その、実は私はいつも両親から子ども扱いされていて……父なんかはちょっと過保護気味なこともあって、大人の雰囲気を身につけたいんです！」

両手をグッと握って言う紫条院さんに、俺は少し苦笑した。

彼女の大人への憧れは、生真面目な向上心が含まれておりとても微笑ましい。

ただ、大人というものを嫌ってほど味わった俺からすれば、この最後の子ども時代が少しでも長く続いて欲しいと思わずにはいられない。

「む……新浜君、なんだか背伸びしている子どもを見るような顔になってませんか？」

「ははは、いやいや、そんなことないって」

可愛らしく頰を膨らませる紫条院さんに、俺は笑顔で誤魔化《ごまか》す。こういう時に咄嗟《とっさ》に表情を取り繕えてしまえるのが、大人の強みでありズルさでもある。

そして——そんな感じで思い出の続きは進んでいく。

紫条院さんは本当に自分の役割に真面目で、そこに仕事と見れば限界まで動ける社畜の俺が加わり、つい必要以上の業務をこなしてしまった。

過労死して体感時間で一日しか経っていない俺だが、ブラックなあの職場とは全く違いその仕事には喜びすら感じられて、時間はあっという間に過ぎていった。

＊

「ふう、時間が過ぎるのが速かったな……」

図書委員の仕事が終わって鍵《かぎ》を職員室に返し、俺は夕暮れのオレンジ色にうっすらと染まりつつある廊下を一人歩いていた。紫条院さんは「お疲れ様でした！　また明日《あした》！」と挨拶《あいさつ》して先に帰って行ったので、もう校舎から出ているだろう。

「二度目の青春……二度目の高校生活か……」

朝から今まで色々あって怒濤《どとう》の一日だったが、こうして一人になって落ち着くとアルバム写真の世界を歩いているような奇跡を実感する。

（しかし……紫条院さんは本当に素敵な子だよな。話せば話すほど気持ちが弾んでくる）

しっかりと話ができたのは今日が初めてだけど、やっぱりあの純真な笑顔はとても眩《まぶ》しい。あの麗しさと子どものようなあどけなさのギャップは、ちょっと反則である。

このまま彼女ともっと仲良くできたらいいな、と思う。

俺を友達だと思ってくれるようになったなら、それ以上嬉しいことはない。

「あれ……？」

ふと、自分の思考に何とも言えない違和感を覚える。

何かズレているような、何かを酷《ひど》く間違えているような――

けれどその正体がわからずに、俺は自分に対して困惑する。

どうしたんだ？　一体俺は何を……。

「……から言ってるだろっ！　聞いてんの⁉」

（⁉　な、なんだ？　向こうの廊下から女子の声が……）

不意に聞こえてきた怒鳴り声に、思考が中断される。

（誰かが激しく責められて……って紫条院さん⁉）

　声が聞こえた廊下の曲がり角から身を乗り出して見てみると、紫条院さんが三人の女子に詰め寄られて困惑しているのが見えた。

「え、ええと、すみません、言ってる意味がよく……」

「はっ！　わからないわけないだろ！　あれだけチョーシ乗っといて！」

（あいつら……ギャルの花山《はなやま》とその取り巻きたちか！　いつも男にどれだけ貢がせたとか自慢してたビッチどもじゃねーか！）

　花山は別のクラスだが印象深くて名前を憶《おぼ》えていた奴の一人で、カレシとカネが思考の中心な典型的なビッチ系ギャルだ。

（あいつらは自分より可愛くて男にモテる女子が大っ嫌いだったもんな……勝手に紫条院さんを敵視してイチャモンつけてるってとこか）

おそらく教室でダベっていたところに紫条院さんが通りがかり、人目がないのをいいことにシメにかかったのだろう。

「そ、そのすいません。調子に乗っているというのはどういう所が……」

「そういうとこがチョーシ乗ってるんだよ！　はっ！　ブリっ子して男に毎日媚《こ》び売っちゃってさ！　マジムカつくんだよね！」

「そーそー！　ミチコの言うとおりよね！　マジでチョーシ乗ってる！」

しかし、『調子に乗ってる』って難癖つける時に便利な言葉だなあ。

単に自分が気に入らないだけなのに、さも相手の振る舞いに問題があるようなイメージを与えるイチャモン特化言語だ。

「明日から媚び売るのやめてよね。髪も中学の校則みたいにダサく切ってメイクもナシ。オジョーサマは男から距離とって生きろってのっ！」

「え？　私は特にメイクなんてしてないですけど……」

「〜〜〜〜っ！　このっ……！」

メイクバリバリの花山はそのノーメイク発言がカンに障ったのか、紫条院さんの胸元へ手を伸ばして摑《つか》み上げようとする。

「おい、やめろ」

だが見かねてその場に飛び出た俺が声をかけてそれを制し、暴力から守るために紫条院さんの前へ立つ。

「新浜君……！」

「はぁ？　誰かと思ったらこの女と同じクラスのネクラオタク？　邪魔だからすっこんでろっての！」

　スクールカースト上位の花山らしく、俺を見るなり『下』の奴が邪魔すんなと言いたげな言葉を浴びせてくる。

（いくつになってもこの手の女は苦手だったな……）

　自分の顔に自信があり、男に仕事を押しつけたり上司に愛想を振りまいて特別扱いしてもらう女子社員を、俺はそこそこ見てきた。

　そして、そういう奴らは『私は可愛いから特別！』という理屈で生きているため、自分より可愛い女性の存在を許せずにすぐイジメに走るのだ。

（うぁー……大人メンタルでもこれ系の相手は胃が痛い……。理詰めでやりこめても、すぐ自分を悲劇のヒロインに仕立てて相手のネガキャン始めるからなぁ）

「今、紫条院さんに摑みかかろうとしただろ？　やめろよそういうのは」

「関係ないから失《う》せろっての。なんなん？　漫画読みすぎてこの女を守ったら付き合えるとか思ったの？　ふはっキモっ！」

　マジで品がない女だ。

　まあいい、こういう時の対処法は決まっている。しかも俺は未来人だからな。手札は最初っからある。

「ところで花山さんさぁ、最近駅から北の繁華街行った？　特に五丁目のホテル前あたりでよくサラリーマンと話しているのを見るんだけど」

「……っ⁉」

花山の顔色が衝撃と共にさっと青ざめる。

そりゃそうだよな。お前は普段からそこでおっさんに援助交際を持ちかけるフリして会話を録音して写真を撮り、口止め料をせしめているもんな。

もちろん相当にヤバい所業だ。バレたら一発で退学もありうる。

「てめ……っ！　なんでお前……！」

「ちょっと知る機会があったんだよ。花山さんの小遣い稼ぎをね」

知る機会とはもちろん未来での話だ。

こいつは高三の時に援交脅迫がバレて退学になった上に、ニュースにもなったのだ。

その時は学校も騒然となったから詳細もよく憶《おぼ》えている。

「別にその件をどうこうする気はないけど、これ以上紫条院さんに絡むのなら俺も口が軽くなるかもな？」

「ちっ……！　てめえ絶対チクるなよ！　チクったら彼氏に言って殺すぞ！」

そう言い捨てると、花山は踵《きびす》を返してさっさと去って行った。

「え、ちょ、どうしたのミチコ⁉」

「ああくそ、もういいんだよそいつらはっ！」

吐き捨てる花山に、話の中身がわかっていない取り巻きたちは怪訝《けげん》な顔になりつつもその後を追っていく。

（いやまあ……俺が言わなくても一年後にバレて退学になることは確定してるんだけどな！）

その未来が訪れた際、花山が死刑判決を喰《く》らったように絶望することを知っている俺は、何も知らない援交詐欺女の背中をニッコニコで見送った。

＊

（はぁ疲れた……あの手の奴は問題行動が多いくせに周囲への体面は守りたがるからスキャンダルを握ると楽なんだよな）

同僚のギャル系社員からたびたび仕事を押しつけられた時があり、それに俺が文句を言えば『新浜が仕事を押しつける！』『セクハラを受けた！』と騒いで困り果てたケースの解決法もこれだった。

そいつが『母が病気でお休みを取りたいんですぅ！』とか言っておきながらその休みを

バカンスとして過ごしたのをSNSで見つけ、そのことを俺が仄《ほの》めかすとそいつは冷や汗を流し、それ以降は俺に干渉してこなくなったのだ。

「あ、あの……ありがとうございました、新浜君……」

事の成り行きを見守っていた紫条院さんが、俺におずおずと礼を言う。

「ああいや、大したことはしてないよ。人が殆《ほとん》どいないはずの校舎に女子の大声が聞こえてきたから驚いて来てみたんだけど……上手《うま》く収まって良かった」

「ご迷惑をおかけしてすいません……でも本当に助かりました……」

紫条院さんの顔色はとても悪かった。

そりゃそうだ。あんな理屈もなにもない奴らに絡まれたら気分は最悪だろう。

「……紫条院さん、迎えの車とか来る予定なのか？」

「え？　いえ、父はしきりに送迎の車を勧めてくるんですけど、私は皆《みんな》と同じように登下校したかったので、いつも普通に歩いています」

「そっか。なら、ええと、その……もう遅いし、い、家まで送るよ」

なんでもないふうを装ってはいたが、俺は汗がダラダラ流れるほどに緊張していた。

今の俺は社畜時代を経ているおかげで、前世における高校生の時とは比べものにならないほどに強いメンタルを持っているが……悲しいかな童貞である。

なので女子に――しかも憧《あこが》れの紫条院さんに『送るよ』などと漫画かドラマの主人公みたいな台詞《せりふ》を言うのは、精神力と勇気をふり絞る必要があったのだ。

けれど、そうしたいと思った。

明らかに顔色が悪い紫条院さんを遅い時間に一人で歩かせて帰すのは、彼女を勝手に青春の宝石と位置づけて憧れた男として、どうしても許容し難い話だったのだ。

「えっ、いいんですか？　ご迷惑じゃなければとっても嬉《うれ》しいです！」

一緒に下校するなんて嫌だとドン引きされたら……という恐怖は、紫条院さんが花咲くような笑顔で払ってくれた。

それはとても嬉しいのだが……昨日まで陰キャだった男子が送るとか言い出してもこの笑顔とは。マジでこの子は天使か何かか？　ちょっと天然すぎて心配になる……。

まあ、ともあれ――こうして俺と紫条院さんの下校イベントは開始した。

＊

「『ブレイダーズ！』は本当に最高の最高ですっ！　第一部のラストに世界と引き換えに

してもあいつを守りたい！　って決心してダークスレイブを唱えるところとかもうボロボロ泣いてしまいました……！」

「あそこは泣くよな！　そして全てが終わったかと思ったらどんでん返しのあの結末！最高の最高だった……！」

「そうそう！　そうなんです！」

女性と二人っきりで街を歩く。

社畜時代の俺にも、出張やら飲み会やらでそういう状況に出くわすことはあった。

だが異性とのお喋《しゃべ》りスキルなんて持たない俺はしどろもどろなバッドコミュニケーションで心証を悪くしてしまい、仲良くなるどころか『面白くないし頼りにならない奴』と思われて、その後の仕事上の連携に支障をきたしてしまった。

そこで俺は一つの秘策を思いついた。

俺はゲームとかラノベとか自分の趣味を存分に語れると、とても気持ちがいい。

であるなら、女性にもそうして貰《もら》えばいいのではないか？　という策だ。

（これは大当たりだったんだよな……女性だろうが上司だろうが、飼ってるペットや応援している野球チームなんかの好きなことを存分に喋らせれば大体みんな機嫌が良くなる。俺は相づちを打つだけだから気の利いた話術は必要ないし）

「それでですね、その時主人公が……！」

実際、紫条院さんはとても楽しそうだ。

まるでラノベの推し場面トークをする相手に飢えていたかのように、すごく饒舌《じょうぜつ》に話してくれている。彼女の交友関係はよく知らないけど……流石にラノベ話ができるサブカル系女子は身近にいないのかな？

「良かったよ。元気が出たみたいで」

「あ、はい、何だかずっと好きなこと喋っていたら気分が良くなってきました」

それは何よりだ。ああいうハラスメント集団は人の心がわからない災害みたいなもんだし、さっさと忘れて、好きなことをしてマインドを癒《い》やすに限る。それができないと俺の同期社員みたいに精神を病んでしまうのだ。

「その、さっきは本当に助かりました……実はああいうのは初めてじゃないんですけど、どうしても慣れなくて……」

「え……ああいうことが何度もあったのか？」

「ええ、小学一年生くらいからたびたび……言ってくるのは必ず女子なんですけど、みんな決まって『調子に乗ってる』『目障りだ』って同じことを……」

小学校一年生って……六歳程度でもうそういうことを言い出す奴がいるのかよ……。

女って怖《こえ》え……。

「正直彼女達が私に何を求めているのかわからなくて……でもすごく私を嫌っていることは伝わってくるから……怖いんです。本当に、新浜君が来てくれて良かったです……」

不安を訴える子犬のような表情で、紫条院さんは俺の顔を見上げた。そんな童貞を殺す仕草に俺はまたも悶絶《もんぜつ》しかけるが、何とか耐える。

（しかし……なるほど、絡まれる理由は理解不能なのか。紫条院さんって他人に激しく嫉《しっ》妬《と》したこととかなさそうだもんな……）

「そうだな……今後のためにも、紫条院さんは花山みたいな奴が絡んでくる原因を知っておいたほうがいいと思う」

「え？　新浜君はわかるんですか⁉　なら是非教えてください！　私に至らない点があったら直したいんです！」

期待に満ちた目で紫条院さんが言う。

「わかった。その原因は――紫条院さんが美人で優しいからだよ」

「え……？」

「つまり嫉妬なんだよ。みんな紫条院さんみたいな可愛さや優しさを持っていないから羨《うらや》ましくて仕方ないんだ」

「え、いえ、何を言ってるんですか！　私なんてそんな……！」

「いや、誰がどう見ても美人だから。そこは流石に自覚するべきだと思う」

これればかりは遠回しに言っても意味がないと判断し、俺は事実をズバリと告げた。

自覚を促す理由は、真面目な紫条院さんが思い悩まないためだ。このままでは絡まれる原因がわからずに『自分に欠点があるのでは？』と苦しみかねない。

「だから紫条院さんは悪くない。いいか、復唱するんだ。『私は悪くない』って」

「わ、『私は悪くない』……？　え、でも本当にそうなんですか？　何か別の要因で他人を不愉快にさせてるのかも……」

「はい、そういう考えが駄目だ。あと十回は『私は悪くない』って口に出してくれ」

「ええっ⁉　ほ、本当にやるんですか⁉」

紫条院さんは困惑したが、やはり素直な性格のせいか『私は悪くない』を連呼し始める。

けど、これはマジで絶対に必要なことなのだ。

さっきから俺の口調が強めなのも、紫条院さんの自罰的思考を改めさせなければという必死の思いからだ。

（ブラック企業で潰《つぶ》れるのは決まって真面目で優しい奴だったからな。理不尽な仕事を押しつけられても周囲から怒られても『私が悪いんだ』って考えるからどんどんストレスが

溜《た》まっていって……最後は崩壊する〕

そして、未来において紫条院さんが破滅してしまった原因も、おそらくそこにある。イジメの動機が単なる嫉妬だと理解できなかったからこそ、思い悩みすぎて彼女は壊れた。ただの醜い理不尽だと断じて、逃げたり訴えたりすることが出来なかった。

そんな未来にさせないために、この思考改造は必須《ひっす》事項なのだ。

「『私は悪くない』『私は悪くない』……これでいいんですか？」

「ああ、今後花山みたいな奴に絡まれても『私は悪くない』で行こう。だいたいあいつらは『お前が私より美人だから気にくわない』とは流石に言いがたいから『調子に乗ってる』って便利な言葉を使うんだよ」

「そうなん……ですか？」

「そうなんだ。嫉妬とかその時の機嫌の悪さとかで嚙《か》みついてくる奴の場合、被害を受ける側が自分を改めるとかしても全然意味ないから上手くスルーするのが重要で……ってどうした？」

何故か紫条院さんが、俺の顔を不思議そうな顔で見つめていた。

「いえ、新浜君の顔がすごく真剣だったので……とてもありがたいのですけど、どうしてそこまで私の事を心配してくれているんだろうって……」

「そりゃ心配するさ。俺は紫条院さんが思い悩んでいるのは嫌だ」

「え……」

この時、俺は未来において紫条院さん自ら命を絶ったことを思い出し、あんな未来を繰り返してなるものかと、破滅の芽を摘むべくヒートアップしていた。

だから自分の台詞の恥ずかしさに対して感覚が麻痺《まひ》していたし——紫条院さんが目を見開いて息を呑《の》んだことにも気付かなかった。

「あ……その……新浜君……」

「うん？」

「さっき私の容姿が良《い》いから他人が嫉妬するって言ってましたけど……その、私を慰めるためにそう言ってくれているんじゃなくて、本気で思ってるんですか……？」

「ああ、もちろん。俺も最初に紫条院さんを見た時は美人すぎてびっくりしたし」

「〜〜〜〜っ！」

ハイになっていた頭がド正直な言葉を紡いだが、それは本当に俺の素直な気持ちだ。

そして、それを聞いた紫条院さんは何故かとても恥ずかしそうに頬を紅潮させ、無言で顔を伏せた。

後から考えれば、クソ真面目な顔で正面から『美人すぎてびっくりした』などとのたまえば、紫条院さんじゃなくても大いに恥ずかしがるのが当たり前なのだが、この時の俺はただ不思議そうに首を傾げるばかりだった。

＊

（当たり前だけど紫条院さんの家でかいな……）

紫条院さんを郊外にある家の前まで送り届けた俺は、漫画じみた庭付き豪邸を前にして社会格差というものを味わっていた。

うわぁ……庭に噴水とか銅像とか花が咲き乱れている花壇とかある……どれもこれも維持費がすごそう……。

「新浜君。今日は本当にありがとうございました。結局家まで送って貰って……むむ、振り返ってみれば今日はなんだか助けて貰ってばかりですね……」

「いや、別にそこまでのことじゃないって。雑談しながら一緒に歩いただけだし」

紫条院さんは深々と頭を下げるが、俺のした事と言えば不良女子を追っ払って家まで送っただけだ。そしてそのどちらも、俺がしたいからやった事だしな。

「いいえ、本当に感謝しています。本当ならもっと……沈んだ気持ちを抱えて一人でトボトボと歩いていたはずなのに、とっても元気が出ました」

胸に手を当てて言う紫条院さんの満面の笑みに、つい顔がほころんでしまう。

ああ、そうだ。妖精《ようせい》のような可憐《かれん》さと天真爛漫《てんしんらんまん》で優しい心を持っている少女には、やっぱりこういう表情が似合っている。

そして——そんな彼女だからこそ、それを貶《おとし》めようとする奴も出てくるのだろう。

今日難癖をつけてきた花山とか、絶対自分は悪いと思ってないだろうしなぁ。

動機は単なる妬《ねた》みなのに『調子乗ってる』『ズルい』『ムカつく』だけで自己の行動を正当化できる奴らには本当に辟易《へきえき》する。

「……そのさ、もし迷惑じゃなかったらだけど」

何か考えるよりも先に、俺は口を開いていた。

「今日みたいにしんどい事があったら、気が向いた時でいいから俺に言ってくれ。愚痴くらいなら聞けるし、やれそうなことは何でもする」

「え……」

そう声をかけたのは別にカッコつけた訳ではなく、過酷すぎるブラック業務で潰れそうな同僚を気遣うのと同じ感覚での事だった。だが、この状況で口にするにはかなりキザな台詞《せりふ》であることにすぐ気付いて、俺は顔を赤くする。

（い、いかん。つい心配のあまり余計なことを……！　紫条院さんとまともに話したのは今日が初めてなのに距離感近すぎるだろ！）

ただ、本心であるのも確かだ。俺は可能な限り紫条院さんの力になりたい。

「さ、さて！　それじゃ俺も帰るよ！　またな紫条院さん！」

照れ臭さを隠すように、俺が足早に立ち去ると——

「あの、新浜君！」

背後から、紫条院さんの声が届いた。

「その、ええと……何度も言いますけど本当にありがとうございます！　また明日《あした》！」

「あ、ああ！　また明日な！」

遠ざかった俺に紫条院さんは大きな声でそう告げて、俺もまた昔は出す事が出来なかった力のこもった声で返した。

そうして二人揃《そろ》っての下校タイムは終了し、俺は自分の家へと足を向けた。

＊

（何と言うか……メチャクチャ濃密な一日だったな……）

完全に夜闇に包まれた道を歩きつつ、俺は胸中で呟《つぶや》いた。

タイムリープしてきてまだ初日なのに、朝から晩までトラブルとイベントで埋め尽くされていたように感じる。

前世の陰キャな高校時代は、何もない日々ばかりが続いていたのに……。

（いや……違うな。これはあの頃のリプレイであって環境が変わった訳じゃない。違うのは俺の中身だけなんだ）

メンタル、経験、記憶――そんな目に見えないものだけがアップデートされただけなのに、こんなにも学校生活に変化が訪れるなんて俺自身驚いている。

そして、特に顕著な違いと言えば、憧《あこが》れの少女とたくさんの言葉を交わせた事だろう。

（まさか初日からこんなに接点が持てるなんてな……）

今日一日で紫条院さんが見せてくれた多くの表情が頭をよぎる。

最も心に残るのは、やはり笑った顔だ。

あの雲一つない快晴みたいな笑顔が未来において失われてしまわないように、これからも俺にできる事をしたいと思う。

（具体的な方法だと……やっぱりさっきみたいに理不尽との付き合い方を少しずつ助言していくことかな）

それは非常に地味だが、正攻法かつ効果が期待できる案だった。

何も理不尽をはね除《の》けるような強さを身につけなくてもいい。ただ、自殺するほどに思い詰めることさえ防げればいいのだ。

（そして、そのためには、俺が紫条院さんと気軽に話が出来るポジションにいる必要があるんだよな……）

今日俺と紫条院さんは何度も談笑した。他人があの姿を見たらごく親しい仲だと勘違いするかもしれないが……悲しいかなそうではない。

紫条院さんはマジで天然で、自分が男子にとって非常に魅力的な異性であるという自覚に乏しい。本人はすごく気さくに話しかけてくるが、それは相手を特別に思っているからではなく、子どものように分け隔てない気持ちを持っているからなのだ。

（でも、今日の事で多少の縁もできたし、迷惑にならない限り今後もあの娘《こ》のそばにいられるように努力しよう……！　男子連中はうるさいだろうが知ったこっちゃない）

そう決めた瞬間——胸の奥からふつふつと熱が沸き上がってきた。

（ん……？）

火が灯《とも》ってそれが全体に広がっていき、全身が高揚していく。

（え、あれ……？　な、何でこんなにテンションが上がっているんだ俺？）

自分の心がわからずに、俺は少々困惑した。

不思議な事に俺の気持ちはとても浮き立っており、熱気が胸に満ちていた。

まあ俺にとって永遠のアイドルである紫条院さんとお近づきになれるとなれば、心が浮き立つのも当然ではあるが、それにしても浮かれすぎである。

そして、そんなふうに自分を訝《いぶか》しんでいると――脳裏にまたもあの事が浮かんだ。

あのオフィスで迎えた人生の最期。

あの時頭に浮かんだ『致命的な失敗』という具体的になんなのかわからない言葉が、妙にひっかかっていた。

(何で今それが浮かんで……というか、結局あれって何なんだ？　俺は何を見落としているんだ？)

自分でも呆《あき》れるような事で、それを自覚した事により、死の直前だった俺の心を最大級の後悔が苛《さいな》んだ事は思い出したが、その先がわからない。

人生の最後で、俺は一体何をそんなに後悔したんだろう？

(ああもう、なんだこのモヤモヤした気分……っと、もう家の前か)

自分自身に悩みながら夜道を歩き続け……俺はいつの間にか家へと辿《たど》り着いていた。

それなりに時間がかかったはずだが、三十歳の肉体と比べて体力があり健康そのものである高校生ボディの疲労感は薄く、長い距離を歩いた実感がまるで湧かない。

（ああ、俺の家だ……。『実家』じゃなくて『俺ん家《ち》』って呼んでたあの頃の……）

今朝はタイムリープの直後で落ち着いて見る暇がなかったが、人生の半分以上を過ごした一軒家の外観を眺めるだけでも、胸にこみ上げてくるものがある。

一人暮らしのアパートなんぞは『寝る部屋』程度にしか思えなかった俺にとって、『俺の家』と心から言えるのはこの家だけだ。

「ただいま……」

ひどく久しぶりにそう言って玄関をくぐり、前世において新浜家の崩壊と共に取り壊された生家の中を歩く。ドアの蝶番《ちょうつがい》が微かに軋《きし》む音も、俺が子どもの時につけてしまった壁の傷も、フローリングの床を踏みしめる感触さえ、ただただ懐かしい。

（本当に俺達家族が一緒に暮らしていた、あの家なんだな……）

胸が締め付けられるような思いで廊下を歩き――ふとリビングに明かりが点いているのに気付く。あれ？　母さんはまだ仕事から帰ってないはずじゃ……っ!?

「お、お前……香奈子《かなこ》……か……？」

俺の視線の先には、中学校の制服を着た小柄なポニーテール少女がいた。

新浜香奈子。俺の二つ違いの妹で、俺が十六歳である『今』は十四歳のはずだ。

兄の俺から見てもとても愛らしい容姿をしており、学校では男子から大層人気があるらしい。おまけに昔から快活で大勢友達がいるという、俺と正反対の陽気キャラだ。

「……今帰ってきたの兄貴？」

母さんとは朗らかに話す香奈子だが、俺に対しては向ける表情も言葉も素っ気ない。

昔はよく一緒に遊んだりと兄妹《きょうだい》仲は良かったのだが……いつの間にか俺達の関係はこうなっていた。

別に無視したりするわけではないが、年齢とともに会話が少なくなり、対戦ゲームで盛り上がる事も、一緒にテレビを見て笑う事もなくなった。たまに口を開いても、家庭内の用事を業務連絡のように伝えるだけだ。

そして前世においては——この関係性は改善するどころか決定的な亀裂が入って崩壊した。母さんの葬式を最後に、俺達兄妹はほぼ他人になってしまったのだ。

「あ、いや……お前も遅かったんだな。ただいま、香奈子」

「……？　おかえり……」

香奈子が俺の様子をあからさまに訝しむ。まあ、それも当然だろう。この頃の俺って妹からさらに嫌われる事を怖《おそ》れて、家の中で会っても何も言わずにすれ違っていたからな。

「ん？　お前もしかしてそのカップ麵《めん》が夕食なのか？」

「……は？　見ればわかるじゃん。ママの帰りが遅い日なんだから仕方ないでしょ」

台所の戸棚から取り出したカップ麵を手に、香奈子がすげなく言う。

そうか、そうだったな。母さんは忙しいながらも精力的に料理をしてくれる人だったが、仕事の都合で難しい場合、俺達兄妹はよくインスタント食品に頼っていた。

「お前そのカップ麵あんまり好きじゃなかったろ？　俺が何か作ってやるからちょっと待ってろ」

「へ……？　え、何言ってんの……？」

俺の言葉がさっぱり理解できないという様子で、香奈子は目を瞬《まばた》かせた。

(ま、そりゃそうか。高校時代の俺がこの家で料理したことなんてなかったもんな)

混乱する妹を尻目《しりめ》に、俺は食材のチェックを始める。母さんは仕事帰りに食材を買ってくるつもりだったのか、あんまりめぼしいものはないが……まあ、どうとでもなる。

メニューを決めて、エプロンを装着した俺はさっさと調理にとりかかった。

冷凍してあったご飯を電子レンジにかけて、その間に鶏肉《とりにく》と玉ねぎをまな板の上でカットする。

あ、そうだ。どうせなら母さんの分も下ごしらえしとくか。

「ちょ、え、え……？」

危なげなく包丁を使う俺を、香奈子が何が起こっているのかわからないという様子で見ている。その視線に苦笑しつつ、さらに工程を進めていく。

時短のために玉ねぎのみじん切りをレンジでチンしてから、鶏肉と炒《いた》める。

解凍したご飯をフライパンの上でケチャップや他の調味料と交ぜ、具材を投入。完成したケチャップライスを一旦《いったん》皿に取り、卵を割り入れてバターを加えて――

時間にして二十分程度で、オムライスが完成する。

残念ながら俺に玉子でライスを包むほどの腕はない。なのでオムレツをライスの上に載せたタイプだが、半熟具合は抜かりないはずだ。

「ほれ、出来たぞ。いつまでも固まってないで食ってみろよ」

俺はリビングのテーブルに二人分のオムライスを配膳《はいぜん》し、俺が料理している姿に絶句して硬直したままの妹を手招きした。

未《いま》だに呆然《ぼうぜん》としつつも、香奈子はバターの薫るトロトロ玉子の香りに惹《ひ》かれたのか、フラフラとテーブルに着席する。

そして、中学生の妹はオムライスを凝視しつつスプーンを持ち上げ――

「……っ⁉︎⁉︎」

一口食べた瞬間、何やら衝撃を受けたように大きく目を見開いた。

俺も味をみてみるが、想定通りの美味《うま》さでホッとする。この料理は独身生活を始めたばかりの頃の十八番《おはこ》だったが、長い間作っていなかったので不安だったのだ。

「良かった。お前の口に合ったみたいだな」

俺が声をかけると、すでに半分近く食べ進めていた香奈子はハッと我に返ったようにスプーンを止めた。そして、恥ずかしげに頬を染め、バツが悪そうに俺をじーっと見る。

「その……今まで、兄貴らしいことを全然してやれなくて悪かったな」

「え………」

俺の様々なものが込められた言葉に、香奈子は衝撃や戸惑いが混ざったとても複雑な表情になる。

ああ、そうだよな。いきなり俺がこんな事を言い出したら、そんな顔にもなるよな。

でもな香奈子。俺はこれから学校だけじゃなくて、家でも人生を取り戻していくつもりなんだ。だから、お前の事も放っておくつもりはないんだ。

「その罪滅ぼしって訳じゃないけど……これからは母さんの代わりにお前のメシを作るくらいはしてみるよ。あ、リクエストがあるなら早めに頼むな！」

「……ええ……？」

香奈子が知る陰キャオタク兄貴らしからぬ満面の笑みで、俺は告げる。

そんな俺を見た香奈子は理解不能メーターが振り切れてしまったようで、もはやどう反応したら良いのかもわからない様子で、硬直したまま困惑を極めていた。

▶幕間◀　紫条院春華の呟き

「ふう……」

私──紫条院春華《しじょういんはるか》は自室のベッドに深く腰掛けた。

（今日は新浜君《にいはま》に驚かされてばかりでした……）

彼は以前から図書室の利用者のことを考えてくれたり、私がライトノベルの事を聞いたら親切に教えてくれたりと、良《い》い人だということは知っていた。

私と話すときはいつも言葉少なめなので寡黙な人なのかと思っていたのだけど、今日の新浜君はとても明るくて力強くて──別人のような変化にとても驚かされた。

（本当にいっぱい助けてもらいました……）

花山《はなやま》さんたちが詰め寄って来た時は、過去に何度もあった恐怖がまた襲ってきたのだと震えた。

昔から私に絡んでくる女の子たちは、私を酷《ひど》く忌々《いまいま》しそうな目で見る。

その理由がわからないからこそ、いつも怖かった。

だから、新浜君が割って入って助けてくれた時は本当に嬉《うれ》しかった。

(それに……)

ああやって絡まれた日は、『私は彼女たちに何をしてしまったのだろう』と思い悩み、鉛《なまり》を呑《の》んだような重苦しい気持ちを抱えるのが常だった。

(けれど、今日は逆です……心がとっても軽くて……)

楽しい話題で盛り上げてくれたり、自分が悪いと思う必要はないと断言してくれたりと、新浜君は私が陰鬱《いんうつ》な気分に沈まないようにずっと気遣ってくれていた。

そんなふうに、私を真剣に心配してくれた優しさが胸に染みる。

新浜君はまるで一気に大人びたように変わったけれど、その優しさは昨日までと全く変わっていない。

本来だったら今頃枕を抱き締めて痛みに耐えていたはずの私が、こうして羽が生えたように軽い気持ちでいられるのは、完全に彼のおかげだった。

「ありがとうございます……新浜君」

苦しみが消え去った胸にそっと手を当て、私は心からの感謝を口にした。

四章　スクールカースト上昇中

（もう二週間か……早いもんだな）

時は昼休み。ザワザワとした教室の喧噪《けんそう》の中、俺は胸中で呟《つぶや》いた。

今世における最初の夜は、とにかく眠るのが怖かった。朝を迎えれば、このありえない過去世界という夢から覚めるのではないかと思えたからだ。

しかし次の日に目が覚めても、この夢は終わらなかった。

そうして俺はかつてのように学校と家を往復する日々を送り——早二週間になる。

「あ、新浜《にいはま》君！　昨日の図書を返さない人への呼び出し放送お疲れ様でした！」

ごく当たり前のように紫条院《しじょういん》さんから声をかけられて、俺の心臓が少々跳ね上がる。

二度目の高校生活が開始した訳だが、一度目と何が一番違うのかと言えば——やはりこうやって紫条院さんとの接触が増えた事に尽きる。

「ああ、紫条院さんも手伝ってくれてありがとな。事前に警告した時『まさか本当に名指し放送なんてするはずない』って舐《な》めてた奴らが慌てて返しに来たのは、正直ちょっと面白い光景だった」

「あはは、まさに効果覿面《てきめん》って感じでしたね！」

俺が答えると、紫条院さんは快活な笑みを浮かべた。

あの一緒に帰った夜——紫条院さんと仲良くなって少しでも未来を破滅させる因子を減らすと決心した俺は、彼女と少しずつ話をするようにした。

もちろん紫条院さんが迷惑そうなら控えるつもりだったが、何故か彼女はいつでも笑顔で話に応じてくれるばかりか、こうして向こうから声をかけてくれることも多くなった。

（俺なんかまだまだ『図書委員で一緒の人』くらいの認識だと思ってたけど……この前一緒に帰ったことで、多少ランクアップして『いい人』くらいにはなれたのか……？）

まあ、何にせよ俺にとってとても嬉しいことなのは確かだった。

こうやって憧《あこが》れの少女のくるくると変わる表情を見ると、草木が穏やかな陽光を浴びるかのようにじんわりと癒《い》やされる。

（まあ、想像通り男子の視線は厳しいけどな……）

ウチのクラスは比較的温和な奴らが多いが、それでも何人かは『紫条院さんになに馴《な》れ馴《な》れしくしてるんだお前ええぇぇ！』と言わんばかりの視線を向けてきている。

とは言え、人生二周目で覚悟完了した俺はそんなもの意に介していない。他人の目なんて過度に気にしても、ただ単に自分の人生が縮こまるだけだともう知っているからだ。

「それにしても、最近はみんな文化祭のことばっか話してるな……」

ふと呟いたのは、ここ最近における教室内の話題の傾向だった。今この瞬間にも、クラスメイトたちの多くが出し物について雑談しているのだ。

ちょっと聞き耳を立てただけでも、『お化け屋敷とかよくない？』『やっぱ鉄板の喫茶系だろ』『ああ、うっぜえな。テキトーに済ませればいいだろ』『俺はつまんねえのはやりたくねえから、誰かすげー案を出してくれねえかな！』といくつも聞こえてくる。

「ええ、もう近いですからね。来週には出し物を決めるみたいですし、ふふ、とっても楽しみです！」

紫条院さんはワクワクした顔で上機嫌に言う。

どうやら相当に文化祭を楽しみにしているようで、明らかに声が弾んでいる。

（へえ……紫条院さんってこういうイベントが好きなんだな）

憧れの少女の新たな一面を見て、なんだかとても得をした気分になる。この女の子から新しい発見があるたびに、どうも俺の心は喜ぶらしい。

（けど……少し不安だな。なんか教室内の意見がバラけすぎてないか……？）

漏れ聞こえてくる雑談を聞いているだけでも、出し物の方針の違い、そもそもやる気がない奴のボヤき、やる気だけはあって空回りしそうな奴の声が同時に耳に届く。

イベントに限らず、会議というのは始まる前からある程度意思統一されていないとなかなか話がまとまらないものだが……。

（紫条院さんも楽しみにしているみたいだし。トラブルなくパッと決まってくれればいいけどな……）

先行き不安なプロジェクトを迎える直前のようで、俺は一抹の不安を覚えていた。

＊

「うわあああああん！　どーしよ！　どーしよ！」

とある日の三時限後の休憩時間に、その少女は自分の机で頭を抱えていた。

名前は筆橋舞《ふではしまい》。

陸上部所属のショートカット少女であり、小柄ながらとても綺麗《きれい》なラインを描くスレンダーな体形をしている。その性格はとにかく明るく快活という印象で、さっぱりした体育会系で話しやすく、男子からも人気がある。

だが今現在の筆橋は、普段の陽気さが見えないほどに悩んでいるようだった。

事の発端は一時限目の世界史の授業だ。

筆橋はとにかく部活に力を入れている運動大好き人間なためか、よく授業中に居眠りをしてしまうのだが……さっきの授業でとうとう教師からその事を怒られたのだ。

そして『こりゃ補習入れなくちゃいかんな』と言い出した教師に対し、筆橋は咄嗟《とっさ》に『や、やだなあ先生！　居眠りなんてしてませんってば！　そ、その証拠にノートには板書もポイントの説明も完璧《かんぺき》に写してますから！』と言ってしまった。

すると『じゃあ放課後にそれを提出しろ。本当に完璧だったら補習は許してやる』という話になったのだが……当然、完璧なノートがあるなんて嘘である。

もちろん教師もそんな事はわかっているに違いない。

それでも時間の猶予を与えたのは、恐らくノートを急いで完成させるなり自分から謝りに来るなり、この件を真剣に悩ませるためだろう。

『そ、そのー……誰か完璧にノート取ってる人とかいない？』

その授業の直後の休憩時間に、筆橋が縋《すが》るような目でクラス中に救いを求めたが、誰もが申し訳なさそうに目を逸《そ》らしていた。

まあ、きっちりノートを取っている奴はそれなりにいるだろうが、『板書もポイントの説明も完璧』となると流石にハードルが高すぎたのだろう。

なお、紫条院さんも何とかしてあげたそうな顔をしていたが、自分のノートをパラパラと見返して苦しいと思ったらしく、『む、無理です……！　私に力が足りなくてごめんなさい筆橋さん……！』とでもいうような無念そうな表情を浮かべていた。

そして、そこから二時間後の現在に至るのだが……解決策は見つからない様子で筆橋は苦しみっぱなしである。

（うーん……これは放っておいてもある意味筆橋のためだけど……まあいいか）

「筆橋さん、ちょっといいか？」

「え……に、新浜君……？」

筆橋の席まで行って声をかけると、ショートカット少女は目を白黒させた。

その周囲の奴らも驚いているが、その反応は理解できる。

クラスの連中にとっては俺は無口な陰キャであり、同じ図書委員の紫条院さんはまだしも、交友のない女子にいきなり話しかけるなんて想定外すぎる行動だろう。

「このノート、そこそこ書けていると思うけど使えるか？」

「へ……え、な、何これ⁉　授業丸写しみたいになってるのにすっごくわかりやすい！」

筆橋が俺のノートをめくり、驚愕《きようがく》の声を上げる。

　そう、これこそ板書はもちろん、授業の解説、試験対策までを網羅し、社畜時代の資料作り能力も活《い》かした俺謹製のノートである。

　もちろん、前世の高校時代からこんなものを作っていたわけじゃない。

　これは前世の学生時代にろくに勉強せず、地獄のような就職先にハマってしまった俺の猛省と、現在における勉強意欲の表れだ。

（この時代でもたくさん勉強して良《い》い大学から良い就職先に……ってのはやや時代遅れになりつつあるけど、現実として学力って就職先に直結すると思い知ったからな）

　なので、今世において俺は死ぬほど真面目に授業を受けており、基礎学力の構築に力を注いでいる。このノートはその過程で生まれたものだ。

「使えるどころかパーフェクトだよ！　借りる借りる絶対借りる！　超ありがとう新浜君！　お礼に学食の食券おごっちゃう！」

「お、おう。力になれたのなら良かった。ああ、でも今後はちゃんとノート取れよ？　居眠り連発して板書できてないんじゃ、先生だって怒らざるを得ないんだから」

「うぐ……超ド正論……！　う、うん、今回はちょっと借りるけど、これからは頑張って起きてるから！　ともかく本当に助かったよー！」

　筆橋はよほど補習が嫌だったのか、九死に一生を得たかのように俺に感謝し、その後猛

世界史

烈な勢いでノートの写し作業に入っていった。

＊

そしてまた別の日。昼休みに友達の銀次《ぎんじ》と昼飯を食っていると、不意に男子生徒が俺に声をかけてきた。

「おい、新浜。ちょっといいか？」

声の主は、野球部のレギュラーである塚本《つかもと》だった。

イケメンかつ爽《さわ》やかなスポーツマンという欲張りなスペックを持ち、当然のように彼女持ちという隙がない奴である。

「この前お前が設定してくれた俺の着メロ聞いて、彼女が同じのにしたいって言うんだよ。けど俺、ケータイのことはサッパリで……」

「ああ、今度その彼女のケータイ持ってきたら設定するよ」

「おお、恩に着る！　今度購買のパンでも奢《おご》るぜ！」

よほど彼女にせがまれていたのか、塚本はかなりホッとした顔で去って行った。

しかし着信メロディって懐かしいな。ガラケー時代はあれだけ流行《はや》っていたのにスマホ時代になったらなんで殆《ほとん》ど聞かなくなったんだろ？

「何だか……やたらと頼られるようになったな新浜。お前のノートを借りに来る奴もチラホラいるし……」

弁当を広げている銀次が、感心するように言った。

「ああ、ノートについては筆橋さんとのやり取りが周囲に聞こえちゃっていたみたいでな。ノートチェックが近いこともあって何人も借りに来たよ」

ただ、流石にタダで貸すとその後にアテにしすぎる奴が現れないとも限らないので、パンやジュースなどの謝礼はきっちり要求しているが。

「お前……マジでランクが上がってるな」

「は？　ランク？」

銀次が神妙な顔で呟《つぶや》いた言葉の意味がわからず、俺は目を瞬かせる。

「学校内のランクだよ。以前のお前は俺と同じ三軍だったけど、今や人気ポイントが増して二軍の真ん中くらいになってねえか？」

「いやいや……そういう区分ってそう簡単に変わったりしないだろ」

「普通はな。けどお前の変わりっぷりは普通じゃないだろ」

銀次は呆《あき》れたような顔で続ける。

「なんか全体的に垢抜《あかぬ》けてきて、誰とでも気後れしないで喋《しゃべ》るようになるし、ケータイやパソコンにやたら強くなってよく人助けをするようになる。極めつけは火野《ひの》の件だ。あのコスいカツアゲ野郎を公衆の面前で怒鳴ってワビ入れさせたって噂になってるぞ」

「まあ、多少は変わった自覚はあるよ。でも火野の件はあいつが俺から財布を奪おうとしたのが悪いんだぞ。そんなことされたら誰だってキレるだろ」

「それでも怖くてブルっちまうのが俺らだったろ。見てた奴によると周囲の奴も呆気《あっけ》にとられるほど殺気出てたらしいじゃんか。……やっぱしお前、異世界で修羅場を潜り抜けて帰ってきただろ？」

「まあ……修羅場《デスマーチ》は間違いなく何度も潜ったな。地獄過ぎて記憶が飛んでる部分も多いけど、連日徹夜で戦ってもまるで終わりが見えない戦場で『あ、そうだ。屋上から飛び降りたら休めるじゃないか』と一瞬本気で考えたことは憶《おぼ》えてる」

「奴隷兵士ルートえっぐいな……」

「ああ、えぐい。夢も希望もそもそも頭の中に発生しなくなるしな」

あれがある種の洗脳だと気づけるのは、今こうしてあの場所を離れたからだ。

仕事漬けになっていると思考力がどんどん落ちていって、自分が地獄にいるという自覚すらなくなるしなあ。

「まあ、冗談はさておき、お前自身、周囲の目が違ってきたのは気づいているだろ？」

「それは、まあ確かに……」

高校時代の記憶はこうして学校に通うごとに鮮明になっていくが、あの頃は明らかに周囲からの扱いは軽かった。

酷《ひど》いイジメなどはなかったが、火野みたいな悪ぶった奴からはターゲットにされていたし、クラス内での発言権など無に等しかった。

（けど今は明らかに違う……）

バカな男子が笑いのために俺をイジりにくることもなくなり、火野の件以来ガラの悪い生徒に絡まれてもいない。

「お前の変わりっぷりを周囲の奴らだってちゃんと見てるんだぜ？　今まで殆ど喋らなかった奴がガンガン自己主張し始めて、成績は上がるわ、自分の得意なことで他人の世話を焼いてやるわ……そういう態度と人助けで一目置き始めているんだよ」

「そうなのか……」

俺としては、勉強を頑張り始めたのは二度目の人生を送る上で基礎ステータスを上げたかっただけだし、人助けは単に自分が助けられる範囲でお節介をしただけだ。別に周囲の人間からの評価が欲しかったわけじゃない。

（とは言え……）

補習をまぬがれた筆橋から『ありがとおおお！　今はどうしても部活を休みたくなかったから超助かったよ！』と感謝されたり、さっきの塚本やノートを借りに来た連中から礼を言われるのは、少しだけ戸惑いつつも新鮮な気分だった。

陰キャを三十年こじらせてきた俺は、他人と仲良くなるのが得意じゃないが――今世においては前世にはなかった交友の縁が広がっていくのは、決して悪い気はしなかった。

*

「なんかもうこの生活にもすっかり馴染《なじ》んだな……」

時は日曜日の昼間。

俺は自宅の居間でお手製のサンドイッチをつまんでいた。

タイムリープという超常現象から二度目の人生をスタートさせた俺だが、それも二週間以上も経つと良くも悪くも慣れてしまい、新しい日常となっていた。

（それに……なんだかどんどん気持ちも若返っている気がするな）

肉体年齢の若さに思考も引っ張られていると言うべきか……感情の振り幅は大きくなり、

ノリも高校生のそれに近づいている気がする。銀次とくだらない話をしてゲラゲラ笑っているし、漫画や小説を読んでもすぐ泣いたり感動したりと感受性が強くなっている。

少なくとも、今の俺は三十歳の社畜そのままの中身じゃない。

「あ……兄貴」

「お、おはよう香奈子《かなこ》」

ふと顔を向けると、ポニーテールが似合う俺の妹——香奈子が立っていた。

ラフなTシャツとショートパンツという休日ルックだが、やはり我が妹ながらとても可愛い。前世のこの頃はほぼ交流がなかったが……今世においてはタイムリープ初日に邂逅《かいこう》してから俺に対してとても複雑な視線を向けている。

「昼飯まだだろ？　サンドイッチ作ったから食えよ。すぐに紅茶淹《い》れてやるから」

「…………」

硬い顔をして黙り込む妹のために席を立ち、台所で紅茶を淹れる。

しっかり茶葉をジャンピングさせてお湯で温めたカップへ注ぐという基本を守ると、安い紅茶でも色と香りがとても良くなる。

「ほれ、紅茶だ。……ってなんだその難しい顔は。不味《まず》かったか？」

居間に戻ると香奈子はサンドイッチをバクバクと食っていたが、その食べっぷりに反して何故かとても訝《いぶか》しげな顔になっていた。

「…………おかしい」

「おかしい？　なんだ何か気に入らなかったのか？　玉子サンドに辛子バター使ったのがダメだったか？　それともオニオンベーコンサンドが胡椒《こしょう》多めなとこか？」

「おかしいのはサンドイッチじゃなくて兄貴だよっっ！」

妹は耐えかねたように盛大に叫んだ。

「ああ、もう我慢できない……！　本当に一体何がどうなってんの⁉　何この美味《おい》しいサンドイッチに香りのいい紅茶！　他にもママの代わりに肉じゃがとかカレーとかハンバーグとかガンガン作ってどれもこれも凄《すご》く美味しいし！　意味わかんないんですけど⁉」

タイムリープ初日からずっと困惑気味に黙っていた香奈子は、堰《せき》を切ったようにまくし立てる。この様子からすると言いたいことがかなり溜《た》まっていたようだ。

「いやまあ、ちょっと料理でもしてみようかなって」

俺はかつて一人暮らしを始めた直後、ちゃんとした生活を送ろうと自炊を始めてみたのだが、それが意外と楽しくて趣味の領域にまで達していた。

しかし社畜のハードワークが激化するにつれ、そんな時間のかかる趣味は自然と途絶えてしまった。それ以降は十年以上も外食やコンビニ弁当になってしまい、俺の健康がボロボロになっていく一因となった。

だがこうして自由に時間が使える高校時代に戻った俺は、母さんの負担を減らす意味もあって料理を再開したのだ。

「ちょっと作ったってレベルじゃないし！　おまけに洗濯物は自主的に洗って干すわ、家の掃除はするわ、毎日机に向かって勉強するわ……！　一体なんなの⁉　変なもんでも食べた⁉」

さんざんな言われようだが、その殆どは母さんのためだ。

前世において馬鹿な息子の事をずっと心配して死んでしまった母さんが、今度こそ笑って生きられるように努力すると俺は誓った。

その初歩が、料理や家事を手伝って母さんを楽させることだ。毎日勉強しているのは当然自分のためだが、母さんにその姿勢を見せて俺の将来への心配を減らす狙《ねら》いもある。

（大人の精神の今なら勉強が楽しいしなぁ……）

どうも人間とは大人になって学びの重要性がわかってからのほうが学習意欲が上がるらしく、昔は大嫌いだった勉強も今はなかなかに面白い。

なにせ学べば学ぶほど自分の人生のプラスになるのだ。

問題を解くのも何だかゲームのようでつい熱が入ってしまう。

「ボサボサだった頭も眉《まゆ》もしっかり整えて、しまいには早朝にランニングまで始める！　気がつけばハキハキした喋り方になって陰気なオタクの面影が消えてるし……！　どっかの湖に落っこちて綺麗《きれい》な兄貴に交換されたの⁉」

仮にも兄に激ディスり発言のオンパレードやめろ。

そもそも身だしなみはマジで社会人に必須《ひっす》なんだ妹よ。

不潔感があると相手の態度がひどくおざなりになるし、取引先の社員からも安く見られて結果的に上司から怒られる回数が増える。

なのでそこを最低限ちゃんとしておかないと、素っ裸で戦場に出ているようで落ち着かない身体になってしまったのだ。

「漫画か何かに影響されて変なカッコつけを始めたのかと思ったら、もう二週間以上もその生まれ変わったみたいなスタイルが崩れないし！　気持ち悪いから、どういうことかいい加減説明してよ！」

俺としては気合いを入れて二度目の人生に取り組み始めただけなのだが……確かに妹から見たら俺の変貌《へんぼう》ぶりは不気味な上に訳がわからないだろう。

しかしどうするか……バカ正直に『俺は未来からやってきたんだ』なんて言おうものなら割と本気で救急車を呼ばれてしまう。

「その……実はな。俺、気になっている人がいるんだ」

「え……」

「その子にはずっと憧《あこが》れていたんだけど、最近事情があってお近づきになりたいと思ったんだ。だけど、今までの暗くてビビりで勉強もスポーツもできない俺じゃ、釣り合いが取れなすぎて自分自身が恥ずかしい」

香奈子は話がそういう方面に転ぶとは予想外だったのか、ゴクリと唾《つば》を飲んで俺の話に聞き入る。

「だから、俺は変わると決めた。身だしなみも勉強もスポーツも何だって頑張るようにして、今までの暗いボソボソ声の俺から明るいハキハキ声の俺に自己改革したんだよ。ついでに人間として深みを出すために、家事や料理を始めて自分を磨いているんだ」

「あ、え……そんな……マジで？　マジ中のマジなの兄貴？」

「大マジだ。俺は今までのヘナチョコな自分を捨てて、カッコいい男になりたいんだ」

「〜〜〜〜〜〜〜っ！　偉い！　マジ偉いよ兄貴！」

語り終えると、香奈子は目をキラキラと輝かせて俺をリスペクトしてきた。

「あの兄貴が！　あのクソみたいに根暗な兄貴がまさかそんなこと言うなんて！　気になる子のために変わるってマジポイント高いよ兄貴！」

　クソみたいに根暗ってお前……。

「うん、マジいいことだよ！　私、兄貴って一生部屋にこもってラノベ読んだりアニメ見たりしてフヒヒ……って笑うだけの人生を送るとばかり思ってたもん！」

「しまいにゃキレるぞオイ⁉」

　声を荒らげてから気付いたが、そう言えば社畜生活の唯一の楽しみと言えば自宅でのラノベ・アニメ・ゲームだったので、香奈子の予想は完全に的中している。……悲しいなぁ。

「で、兄貴の気になる子ってどんな人？　大人しめな子？　ギャル？　スポーツ少女？　兄貴好みの巨乳なんだろうなとは予想つくけど！」

　何やらスイッチが入ってしまったようで、妹はやや興奮した様子で俺がお近づきになりたい人のことを聞いてくる。まあ、別に隠すようなことでもない。お前が聞きたいというなら存分に兄貴は語ってやるぞ香奈子。

「ああ、教えてやるよ。その子は俺のクラスメイトでな。名前は――」

　そうして俺は紫条院さんという推しアイドルの魅力を思いつく限り語ってみせたのだが
……たった二十分で妹が限界に達した。

「あー！　もういい！　もーいいーって！　その人の魅力は嫌ってほどわかったから！　ああもう、自分が語りたい事になると延々喋《しゃべ》り続けるところは以前と変わってないじゃん！」

ICE CREAM

「まだ語り足りないんだけどな……まあでも紫条院さんがどれだけ素晴らしい人かはわかっただろ？」

「というか何その人……美人でおっぱいが大きくてお金持ちのお嬢様で、誰にでも気さくに話してくれるほど優しくて天然……？　本当に実在するの？　妄想が具現化したみたいな存在じゃん」

「確かに情報だけを聞いたら妄想の塊にしか聞こえないな……。よし、なら実際どんな人か見せてやるよ」

紫条院さんのあまりのスペックに妹がその存在すら疑い始めたので、俺は仕方なく自室に戻ってクラスの集合写真を持ってくることにした。俺が前世において後にスマホに取り込んだ写真で、過去に戻る直前の死の淵《ふち》で見ていたものだ。

「うっわ……マジでいるんだ。うわー……何これめっちゃ美人でめっちゃおっぱい大きい……おまけに凄い純粋っぽい笑顔……」

「ああ、素敵な人だろ。それが紫条院さんだ」

「何で兄貴が誇らしげなの……。でも本当にお姫様みたいな人だね。彼女にするにはメチャクチャハードル高そうだけど大丈夫？」

「は……？　彼女？　何言ってんだお前？」

「…………へ？　いや、兄貴こそ何言ってんの？」

よくわからない事を言われて俺が困惑していると、香奈子はそんな俺の言うことこそ意味不明だという様子で目を丸くする。

「紫条院さんの彼氏になってイチャイチャしたいんでしょ？　それが原動力になって急に色々頑張るようになったって事なんだよね？」

「ああ、いや、そう聞こえても無理はないけど……違うよ。俺にとって紫条院さんは『憧れ』であって、そういうのじゃないんだ」

彼女の事は、前世からずっと憧れている。眩《まばゆ》い青春の宝石であり、俺が知る家族以外の女性の中で、誰よりも貴い天使である。

だが、だからこそ俺が手を触れていい存在とは思っていない。

「紫条院さんは、全身全霊で推してるアイドルみたいなものなんだ。だから微笑みかけられたら天にも昇る気持ちになるし、話しかけられたら心臓がうるさいくらいにドキドキする。だけど、あの子を手に入れてしまいたいなんて考えていない」

「はい……？　じゃあお近づきになりたいって言うのは……？」

「ああ、普通に友達になりたいって意味だよ。今までは遠くで眺めているばかりだったけど……最近紫条院さんと何度か話す機会があって、もっと近くまで行きたいって思うようになったんだ」

俺が紫条院さんに接近しようとするのは、まず第一に彼女を守りたいからだ。

理不尽との付き合い方を少しずつアドバイスしていき、天真爛漫《てんしんらんまん》な宝石が悪意に塗《まみ》れて砕かれる未来を回避する。それは、彼女と親しいポジションでなければできない事だ。

だが、そんな使命感だけで紫条院さんと仲良くなりたいのかと言えば、答えは絶対にノーだった。

紫条院さんの近くにいたい。彼女の優しさと魅力を『ファン』としてずっとそばで享受していたい。そう願う想いは、今世で天使な少女と再会してから強くなっていく一方だ。

「ええとその……つまりまとめると……兄貴は紫条院さんの笑顔を見ただけで幸せになって、心臓がバクバクになって、ずっと近くにいたいって気持ちが溢《あふ》れそうになっていて……だから『友達』になってもっと近づきたいと思った訳？」

「ああ、その通りだ」

「こ……ここ、この馬鹿兄貴いいいいいい！」

俺が本心を告げると、香奈子は何故か突如として憤慨して俺を罵倒《ばとう》した。

「あああああもぉぉぉぉ！　馬鹿すぎぃ！　せっかく少年漫画の主人公みたいに覚醒《かくせい》したかと思ったら、肝心なところで兄貴は兄貴だったああああああ！」

「？？？」

妹はとんでもないアホでも見つけたかのように叫び、頭を抱えた。

な、なんだ？　何故俺はまたもディスられてるんだ？

「うがー！　兄貴がこんな状態だと色々と気になりすぎて放っておけない……！　こうなったら……よし！　喜べ兄貴！　その紫条院さんとお近づきになれるように、今後は私がサポートしてあげる！」

「はぁ!?」

いきなり人の前で頭を抱えたかと思ったら、今度は俺の友達計画のサポートをやってあげるときた。正直、訳がわからない。

「兄貴は確かにミジンコから肉食獣の端くれくらいに超進化したけど、それでも女の子に接近する方法とか知らないでしょ？　男女問わず友達がたくさんいる私が色々とレクチャーしてあげるって言ってんの！」

「それは……」

香奈子は兄の俺から見ても可愛くて明るい性格をしており、子どもの頃からいつもコミュニティの中心にいた。女の子とお近づきになるにあたり、確かに俺なんかよりよほど上手《うま》い方法を考えつきそうではある。

「正直、兄貴の『友達』っていうゴール設定にはツッコミたい事がたくさんあるけど……兄貴の本心は兄貴が自覚するしかないから、まずはガンガン紫条院さんと仲良くなって！　そしたら、何がどうあっても答えは出るだろうし！」

「お、おう……？」

まくし立てる妹に、俺は呆気《あっけ》にとられつつ返事する。

まるで不出来な生徒に、指導と説教をしているような口調である。

「それにしても……この人本当にハイスペックだけど彼氏とかいないの？　兄貴の目標が『友達』だとしても、恋人がいたら男子の友達なんて作れないと思うけど」

幾分か落ち着いた様子の香奈子が、写真の紫条院さんに目を落として呟《つぶや》く。

「あ、いや、その点は大丈夫だ。紫条院さんに彼氏はいない」

「そうなの？　こんなにキレーな人だと普通は告白祭りになるもんじゃない？」

その疑問は当然だが、紫条院さんの場合はやや事情が異なる。

誰もが見惚《みほ》れる学校のアイドルは、魅力的すぎて当然たくさんの男子が狙《ねら》っている。

だが、その数が限度を超えているために、逆に誰のものにもなっていないのだ。

「学校中の男子に人気すぎて、誰かが告白しようとすると周囲から妨害されるらしいんだ。そして本人が天然すぎて自分に向けられている熱視線に全く気付いていない」

「ええ……何それ……コクりたい人からコクればいいじゃん。そんな暗黙の協定作って勇気出した人を妨害するなんてクソキモい」

「辛辣《しんらつ》だなオイ。まあ、確かにアホな暗黙協定だけど、皆がそれを守っているというよりそういう抜け駆け禁止の雰囲気を、誰も壊せなくなったって方が正しいかな」

「あ、でも……それじゃ友達になるためだとしても、兄貴が紫条院さんに接近したら、周囲の腰抜け男たちから邪魔されるってことじゃ……？」

「その通りだ。けど、そんなの関係ない」

「え……」

紫条院さんに近づけば、当然大勢の男子から反感を買うだろう。現時点でも大なり小なりそういう視線は受けている。

だが、そんなことにビビるような繊細な俺はもういない。

俺は絶対に紫条院さんの未来を守ると固く誓った。その使命を果たすためには何とでも戦うし、誰であろうと引き下がるつもりはない。

「紫条院さんの隣は誰だろうと絶対に譲れない。お近づきになるほど絶対に敵は増えるだろうけど、そんなものは全部吹っ飛ばす……！」

「あ、兄貴……！　そこまで……！」

ふと見れば、香奈子がえらく興奮していた。

なんだかちょっぴり感動しているようにすら見える。

「最終目標がお友達ってあたりはずっこけたけど、その決意はかなり見直したよ兄貴！　あんなにビビりだったのに、周りを敵に回しても特定の女の子と仲良くなりたいとか言い出すなんて！」

「香奈子……」

こいつは生まれ持った可愛いさとコミュ力で、俺とは対極の陽キャとしていつも光り輝いていた。だからこそ、『暗くて冴《さ》えない兄』である俺とは、前世では年齢を重ねるほど会話がなくなっていった。

「そこまで誰かを想って頑張り始めるのはマジカッコいいよ！　私めっちゃ応援する！」

そんな香奈子が俺をカッコいいと評して、心から応援してくれている。

その事実に——俺は取りこぼしていたものを一つ手に入れられたような気がして、目頭が熱くなる。ともすれば溢れそうになる涙を、兄としてのカッコつけでなんとかこらえた。

「そんでもって……フフフ、そこまで兄貴が一途《いちず》になった馴れ初《そ》めを聞きたいなぁ。一体この超美人と何があったのぉ？」

「ちょ……お前！　なんだその邪悪なニヤニヤ顔は⁉」

「だってさあ、あの根暗大王の兄貴をここまで変えちゃったんだよ？　どんなエピソードがあったのか気になりまくりじゃん！」

気付けば、香奈子は俺のそばで童心に返ったようなイタズラっぽい笑みを浮かべていた。

こいつのこんな表情を見たのは……一体何年ぶりだろう？

「さあ、キリキリ白状しろ兄貴！　きっちりサポートはしてあげるから、恥ずかしい話をたくさん暴露して、私を楽しませろー！」

そんなじゃれ合いの声を居間に響かせながら、休日の昼下がりは過ぎていった。

俺達兄妹《きょうだい》が年齢と共に広げていた暗黙のパーソナルスペースはもはやなく、前世で俺を激しく嫌っていた香奈子は、俺の手が届く距離でわだかまりのない笑顔を見せる。

まるで子どもの頃に戻ったかのような宝石の時間を……俺は心から貴く思いながら、胸の奥で深く噛《か》みしめた。

＊

（お、あったあった。順位は……十位か。過去に戻ってから三週間しか勉強期間がなかったにしてはよくやったほうだよな）

大勢の生徒が集まった学校の廊下。

そこには中間テストの成績優秀者の名前と順位が貼り出されており、掲示されていた結果に俺はそれなりの満足感を味わっていた。

「えっ、ちょっおい！　どうなってんだ新浜⁉　お前中間テストベストテンに入ってるじゃねーか！」

「ああ、割と勉強したしな」

教科書やノートを広げて勉強するなんて本当に久しぶりだったが、高校レベルの勉強はやればやるほど結果が出るのがいいところだ。

「いや、何をさらっと言ってんだよ！　というか俺と一緒に真ん中より下をウロウロしていたお前はどこ行ったんだ⁉　この裏切り者ぉぉ！」

テスト結果に喜びや悲嘆の声が入り交じる騒がしい廊下で、銀次はキレ気味に叫ぶ。

どうもこいつの点数はかなり悪かったらしい。

「別にお前と平均点以下同盟を組んだ覚えはないぞ銀次。今回はたまたま勉強する気になれる日が多かったんだよ」

「クソが！　最強系主人公みたく『こんなの大したことないよ』的な事を言いやがって！　俺はこれでお袋にめっちゃ怒られるのが確定してんのに！」

頭を抱える銀次と俺がそんな調子でじゃれ合っていると――

「わぁ……！　凄《すご》い！　凄いです！　新浜君こんなに勉強出来たんですね！」

「おわぁ!?　し、紫条院さん!?」

いつの間にか隣に来ていた紫条院さんが、目をキラキラさせて俺を褒める。

それは嬉《うれ》しいのだが――その一言で周囲がざわめきながら俺達を注視し始めてなかなか落ち着かない雰囲気になってしまう。

「まあ、今回はちょっと調子良かったかもな。自分でも結構満足してる」

「いや本当に凄いですよ！　実は私なんか貼り出し順位外のかなり下で……」

どうも平均より下の成績だったようで、紫条院さんはがっくりと肩を落とす。

「お、おい……！　どうして紫条院さんがお前に……こうっ……近いんだ!?」

「ん？　ああ、図書委員で一緒なんだよ」

混乱した様子の銀次が俺に耳打ちしてくるが、周囲の目もあるのでさらっと無難に返す。

「あの……それでちょっとお願いがあるんですけど……」

「お願い？」

言いにくそうに紫条院さんが切り出す。

とても生真面目で、何でも自分の力でやろうとする傾向がある紫条院さんから頼みとは、また珍しい。

「その……えっと……ライトノベル禁止令から私を救って欲しいんです！」

「へ……？」

＊

「実は……最近たくさんライトノベルを読むようになって……おかげでめっきり成績が下がってしまったんです……」

時は放課後。

俺たちの他に誰もいない教室で、俺は紫条院さんから昼間の説明不足な頼みの補足説明を受けていた。

「え……そんなに読んでたのか？　月何冊くらい？」

「ええと……四十冊くらいです」

「よ、四十冊⁉　そりゃ確かに多過ぎだよ！」

そんな冊数を読んでいたら、勉強がおろそかになるのは当然だ。

まさかそこまでハマっていたとは……。

「はい……ついつい熱中してしまいました。完全に私が悪いんです……！　おかげで最近授業中もフラフラして、テスト前もろくに勉強できませんでした！　うぅ……恥ずかしくて穴があったら入りたいです……」

いつも笑顔の紫条院さんは珍しく凹《へこ》んでおり、がっくりと肩を落としていた。本人には悪いが、そんな姿もまた小型犬がしょんぼりしているようで新鮮な可愛さがある。

「それでお父様が怒ってしまって……『次の定期テストで総合平均点を超えなかったらあの漫画みたいな小説はしばらく禁止にする！』と言われてしまったんです……」

「な、なるほど……ラノベ禁止令ってそういうことか」

次のテストは期末だからまだまだ先だが、その前に文化祭があって忙しくなるだろうし、お父さんからの罰を確実に避けるためには確かに今から取り組んでおくべきだろう。

「けど……真面目な紫条院さんにしては意外だな。時間も忘れてハマってしまうなんて」

紫条院さんはぽやぽやしているようで非常に真面目で、趣味に没頭しすぎてやらかすなんてらしくない。

「そんなことないですよ。正直勉強は苦手で……机に向かう決心がつかなくて雑誌をめくったりしている内に時間が過ぎて『うわー！　私ったらなんて愚かなことを！』と自己嫌悪……なんてこともよくあります」

「そうなんですっ。どういう訳か、私のことを何でもできると勘違いしている人もいますけど、私はそんな理想の人間からはほど遠いです。人一倍勉強しないとすぐ授業がわからなくなりますし、休みの日にはうっかりお昼まで寝ちゃいますし……」

何でもできるとまでは流石に思っていないが、俺こそ紫条院さんを少なからず特別視している人間であったため、その言葉はなかなかに驚きだった。

（けど、テストの結果が悪くて落ち込んでいる紫条院さんは、なんかこう……等身大の女の子って感じで可愛く見えるな……）

美人すぎるために、つい何の根拠もなく他の面でも欠点がないように思ってしまいがちだからこそ、その恥ずかしそうなポンコツ告白は親しみが湧いてくる。

「それでつまり、俺に勉強を教わりたいってことでいいのかな？」

「はい、そうなんです！　本当にこんな理由で恥ずかしいんですけど……恥を忍んでお願いさせて頂きます……！」

「いや、頭なんか下げなくていいから！　俺なんかで良ければいくらでも教えるから！」

「本当ですか⁉　図々《ずうずう》しいお願いを聞いてくれて感謝します……！」

俺が承諾すると、紫条院さんは救いを得たように顔をぱぁっと輝かせた。

「そうなの……か？」

ああもう……そんなピュアな顔で喜ばないでくれよ可愛いから。

「でも、なんで俺に？　もっと頭が良い奴《い》もいるし、誰だって紫条院さんが頼めば喜んで勉強を教えると思うけど……」

「え？　いえ、確かに他にも成績が良い人はいますけど……大して親しくもない私がいきなり勉強を教えて欲しいなんて言っても困るだけでしょうし」

相手が男である限り、紫条院さんから頼まれれば誰しもテンションマックスで引き受けると思うが……やはりまだ自分の魅力を正しく認識していないようだ。

「それに……並んで勉強するのに、よく知らない人と一緒だと気が休まらないです。その点新浜君は一番親しい男子で私より賢くて、とても安心できます」

「……っ」

辛うじて真顔を保ったが、『一番親しい男子』のあたりでハートが強くかき乱されるのは避けようもなかった。本人は全く他意なくほわほわした気持ちで言っているのだろうが、彼女に憧《あこが》れている俺からすればどうにも狼狽《ろうばい》してしまう。

「ん、んんっ……！　そう言ってもらえると嬉しいよ。じゃあ早速やっていこうか」

後を引く心の乱れを押し込めて、俺はさも余裕のあるように振る舞って見せ――

「はい、それじゃお願いします『先生』！」

「ぶほっ……！」

純真無垢《むく》な笑顔で言われた『先生』の響きがどこか背徳的なイメージを連想させ、俺の心はまたも激しくシェイクされてしまうのだった。

＊

「この証明は先にこっちに値を出して……」

「あ、なるほど！　それでXの値とイコールになるんですね！」

勉強を始めて一時間以上経つが、進行はなかなかスムーズだ。

元々紫条院さんは真面目だし、やる気が溢《あふ》れているのが大きい。

「それにしても新浜君の教え方はわかりやすいです……何か経験があるんですか？」

「まあ、ちょっとモノを教えた事はあったな」

と言っても誰かに勉強を教えた経験なんてない。

俺が今参考にしているのは新人社員への指導法だ。

俺がいたブラック企業は新人に対する研修をまるでやらず、仕事は見て覚えろというメチャクチャな方針を取っていた。

しかしそれでは新人が戦力どころか足手まといになり、俺の睡眠時間が潰《つぶ》れてしまう。

なので、俺は独自に新人用マニュアルを作ったのだ。

そして、それを運用するために以下の三点を気をつけた。
・仕事の意味・完成形を示す（Ａの説明会のためにＢの書類を作るなど）。
・完成形に至るまでの順序を示して今自分がどこをやっているかを理解させる。
・新人を適度に褒めて質問しやすい雰囲気を作ると同時に、やる気を上げる。
「最終的にここと ここがイコールになる式を作ればいいんだ。だからＸの値がいくつなら都合がいいか考えていくと……そうそう！　なんだすぐわかるじゃないか紫条院さん！」

「ふふ、教え方がいいからです。あ、それとここの事なんですけど――」

俺が要所要所で褒めると、紫条院さんは照れくさそうにはにかんだ。

（そうそう、こういう雰囲気が必要なんだよ。気軽に質問できるゆるい空気が）

勉強開始直後の紫条院さんは、勉強への苦手意識からか普段より言葉少なめで緊張していた。だけど今はどんどん質問するし、わからないことに萎縮《いしゅく》しない。俺が狙《ねら》ったとおりの状態だ。

（一番マズいのは質問しにくい硬い空気になることなんだよな。質問できないからわからないところがわからないままだし、信頼関係もまるで深まらない）

俺が新人の時は上司の『わからないことはなんでも聞けよ』↓『そんなこといちいち聞くな！』↓『ミスした⁉　なんで俺に相談しなかったんだ！』の理不尽三連コンボで質問が怖くなってしまい、仕事の正解がわからなくなった時があった。

だから何かを教える時、俺は相手を可能なかぎり褒めることにしている。

褒めるということは相手の頑張りを見ている証拠であり、他人から認められる事は人間の心を動かす大事なガソリンになるのだ。

「ふぅ……ちょっと休憩するか。もう一時間半もやってるし」

「はい。あの、その……とても時間を使わせてしまってごめんなさい。この埋め合わせは後日させて頂きますから……」

「いやいや気にしなくていいって。自分の勉強にもなるし」

俺は紫条院さんの未来を守るために、彼女と少しでも仲良くなりたいのだ。それを抜きにしても、憧れの人と一緒に勉強できるこの時間は幸せでしかない。

「新浜君は何だか最近とても勉強していますけど……もう進路を決めたんですか？」

「ああ、大学に行こうとは思ってるけど、どのランクにするかで悩んでいる感じかな」

第二の人生の進路をどうするか？

これは過去に戻ってからずっと悩んでいるが、一つだけ確定しているのはブラック企業は絶対お断りということだ。

ならば目指すはかつての記憶でホワイトと言われていた企業だが、そこはいずれも大企業でことごとく入社が難しいので、やはりそれなりの大学を狙う必要がある。

「まあ、なるべく良い大学に行ってちゃんとした企業に勤めたいっていうありきたりな方針だよ。紫条院さんはどうするんだ？」

「ええと……大学を出た後はお父様が就職先を用意すると言うんですけど、そういうのはちょっとズルいので気が進まないんです」

真面目だなぁ。

大会社の社長である父親が用意するからにはかなり良いところだろうに。

「でもどういう仕事が自分に合っているかわからなくて……漠然と求人のポスターとか見てると『どんな人でも大歓迎』とか『アットホームな職場』とか『熱意が評価される環境です！』みたいな言葉には惹《ひ》かれますけど……」

「へぇ、そうなん――え？」

いやちょっと待て。今なんて言った？

どんな人でも大歓迎？　アットホームな職場？　熱意が評価される環境？

「それらの職種の中からとにかく『どれでも』『入れそうなところ』に就職してみて、後は『どんなに辛《つら》くても我慢して』頑張ってみようかなって――」

「だめだぁぁぁぁぁぁぁぁぁぁぁぁぁぁぁぁ！」

「ひゃあ⁉」

なんて恐ろしいことを言うんだ⁉

そのプランはほぼ地獄への直行便でしかないよっ！

「あの、どうしたんですか新浜君……？」

「いいか、よく聞くんだ紫条院さん」

目を白黒させるお嬢様に、俺はガチな顔で向き合う。

「そんなキャッチフレーズを無警戒で鵜《う》呑《の》みにしちゃだめだ！」

「ええっ⁉」

「『どんな人でも大歓迎』はキツすぎて辞める人が多すぎるって意味で、『アットホームな職場』は社長の一族が独裁してるケースが多い！　『熱意が評価される環境』は要するにノルマや残業が酷《ひど》いってことだ！（※新浜の個人的感想）」

何せ俺の前世の勤務先が、まさにそんな感じの求人ポスターだったからな！

「もちろん全部がそうじゃないし、ちゃんとしたところもいっぱいある！　けどそういうキャッチコピーで見定めたとしても『どれでも』『入れそうなところ』なんて選び方じゃヤバい会社に捕まってしまう！」

「ええと、ヤバい会社というのはどういう……」

「まず一番あるのが常軌を逸した重労働とかだな。俺……いや、俺の親戚《しんせき》なんて毎日朝八時から夜十二時以降まで働いていたそうだ」

「え……？　それって寝る時以外全部働いているみたいに聞こえるんですけど……」

「そうだ。そして勤務時間以上働いた分は記録から抹消されて、残業代は支払われない」

「？？？」

うん、その反応は正しいよ紫条院さん。

俺も自分で言ってて意味不明としか言いようがない。

「今言ったのは特に酷いとこだけど、そんなヤバい企業は確実に存在するんだ。だから『どこでもいい』なんて選び方だとひどい目に遭う」

「そ、そういうものなんですか……！」

俺がかつて嫌というほど味わわされた情報を伝えると、紫条院さんは衝撃を受けた様子で震え上がる。

「そんな事情は知らなかったから驚きました……けど新浜君はどうしてそんなことに詳しいんですか？」

「それは……ええと、さっき言った俺の親戚から色々聞いたんだよ。ブラック企業に入ってしまって三十歳になるまで地獄を見たそうだ」

「なるほど、そうだったんですね。それにしてもブラック企業って何度か聞いたことがありますけど、さっきの話からするに本当にひどいんですね……」

「ああ、人間がいるところじゃない」

この世のすべての邪悪を詰め込んだクソのような奴隷の日々が、心身を抉《えぐ》り潰された数々の記憶がフラッシュバックする。

「罵声《ばせい》は当たり前で親の悪口も人格否定も何でもありだ。残業代は当然のようにゼロで、上司は自分の仕事を部下に丸投げして、ミスがあれば部下のせいで手柄は自分のものにする。一ヶ月に二日か三日休めればいいほうで、そんな貴重な休みもたびたび職場から携帯で呼び出される」

言えば言うほど忌まわしい記憶があふれ出てくる。

胸の内に溜《た》まっていた愚痴が止まらない。

「繁忙期は寝袋を持って会社に何週間も泊まるハメになって、仕事以外の行動ができない。倒れる奴も出てくるけど、上層部は労《いたわ》るどころか根性なしのクズだと罵《ののし》る。そしてそれだけ忙しくても、社長の書いた本の感想文は原稿用紙三十枚以上で提出しないとならない」

「ええと、その……戦時中の拷問の話じゃないんですよね？」

「残念ながら最初から最後まで現代日本の仕事の話なんだ」

こうして羅列すると本当に人権のない世紀末な職場だったなアレは。

日々の超絶的な疲労のせいで頭が馬鹿になって、自分の惨状を認識できなくなるのもいやらしいところだ。

「どこでもいいなんて言ってたら、そんな刑務所みたいなところにうっかり入ってしまう可能性があるってことなんですね……」

「ああ、そしてそんなところで真面目に『どんなに辛くても我慢して』頑張ると絶対に心が壊れる」

そう、紫条院さんは未来においてまさにそうなった。

こんなにも愛らしくて素敵なその心を壊してしまった。

それだけは……絶対に阻止しなくてはならない。

「親戚がそういう話を延々と語ってくれたから、俺もビビって将来を真面目に考えるようにしたんだよ。以前より自己主張するようになったのも、勉強するようになったのも、そういう理由なんだ」

「は、はい、私ももっと勉強しなきゃって気になってきました……！」

実体験に基づくブラックの実態を聞かされて、紫条院さんはさらに震え上がる。

よし、これで紫条院さんが就職先で破滅するフラグはまた一歩遠ざかったな。

「でも、そういうお話を聞いただけですぐに自分を色々と変えてしまうなんて、新浜君は偉いですよ。正直、見習いたいです」

「いや、偉くなんてないよ……本当に」

俺はただ二周目で、未来が甘くないことを知っているだけだ。

一周目の高校時代でも漠然とした将来の不安くらいは抱いていた。

けどそれを俺は無視した。

何もしなくても未来は何とかなるっていうガキの楽観で甘えたのだ。

その代償があの十二年もの社畜生活だ。

（紫条院さんに対しても同じ理論だったんだよな。本当はこんなふうにもっと話してみたかったのに、『何か一気に仲良くなれるイベントが起きないかな』とか、そんな都合の良《い》いことをぼんやり期待していただけだった）

もちろん、ただ待っているだけではそんなイベントは起きない。

起きたとしても、受け身の男にそれを生かすことはできない。

自分から勝ち取らないと、何も得ることなんてできない――そんな当たり前のことを一回死ぬまでわからなかった俺に、偉いだなんて言われる資格はない。

「いいえ、偉い事ですよ」

俺の自虐を読んでいたかのように、紫条院さんの涼やかな声が響いた。

「私も、学校の皆《みんな》も、ひょっとしたら大人でも……理想の自分になれるように頑張った方がいいのは誰でもわかりきっていると思います。でも、なかなかそれは難しいです。何かを頑張るのは、とってもエネルギーが必要ですから」

そこで紫条院さんはふわりと笑った。そしてその春の花が咲くような笑みを浮かべたまま、ごく素直に言葉を紡ぐ。

「だから……実際に行動に移し始めた新浜君はとってもカッコいいと思いますよ」

「……っ」

あっけらかんと言われた言葉に、俺は胸を撃ち抜かれてしまったような錯覚を覚えた。

天真爛漫《てんしんらんまん》な心から放たれた、俺を肯定してくれる言葉が、俺の内側へ強烈に染み渡る。

（あ、あれ……？　何だこの気持ち……）

俺の憧《あこが》れのアイドルからの天然な好意がとても嬉《うれ》しい。それはもちろんなのだが、何かが変だった。喜びや多幸感が蓄積して、何かを超えようとしている。

本当ならとっくに臨界寸前なその感情を、俺の中の何かとても暗い部分がせき止めているような、本当に奇妙な感覚が自分の中で脈動していた。

「あれ？　どうしました新浜君？」

「あ、いや……」

俺の顔を無防備に覗《のぞ》き込んでくる紫条院さんの顔を見ていると、顔がどんどん熱くなっていく。このままだと、自分の感情がバグってエラーを起こしてしまいそうだ。

「な、なんでもないから！　さて、それじゃ休憩終わり！　次は化学行くか！」

「はい、よろしくお願いします先生！」

彼女の眩《まぶ》しい笑顔を眺めつつ俺たちは勉強を再開した。

俺はその後も平静に彼女の先生役を務めようと頑張ったが——クールぶっても一度昂《たか》ぶった心はなかなか落ち着かず、顔の熱もしばらく冷めることはなかった。

五　章　社畜のプレゼンテーション

「ふふ、楽しみですね文化祭！」

期末テストはまだまだ先のことながら、定期開催となった放課後の勉強会。

その休憩時間に、紫条院《しじょういん》さんはウキウキした様子で言った。

「ああ、学校全体がもうそういう雰囲気だよな」

文化祭。口にしてみるとなんとも懐かしい響きだが、正直あまり良い思い出があるとはいえない。前世においては毎年銀次《ぎんじ》と一緒に飲食系出し物の軽食を食いつつ、カップルで校内を回る奴らを羨《うらや》ましく思いながら眺めていた記憶しかないのだ。

「紫条院さんは文化祭が好きなんだな」

「はい！　お祭りは何でも好きです！」

快活な笑顔で応える紫条院さんは子どものように浮かれた様子で、なんとも可愛らしい。

こういう純真無垢《むく》な表情がこの少女にはとても似合う。

「私はその……子どもの頃はあまり縁日とかそういうものに行けなかったので……」

「そうなのか……」

紫条院さんの家は名家にありがちな娘を束縛するタイプではないらしいが、まあ家の事情とか親御さんの忙しさとか色々あったのだろう。

「その反動なのか、お祭りのワイワイガヤガヤした雰囲気はとても好きなんです。しかも文化祭は学校が全部お祭りになって、クラスが一緒になって自分たちで楽しさを作るんです！　これってすごく楽しいことじゃないですかっ！」

「…………」

嬉しそうに話す紫条院さんを眺めつつ、俺はやや新鮮な気持ちになっていた。

俺の中では、学校行事というものは基本的に苦しいものだった。

体育祭は最悪として、林間学校や合唱コンクールも苦虫を噛《か》み潰したような顔で参加していた。文化祭はそれよりマシとはいえ、やはりウキウキしたりはしなかった。

（学校行事を楽しむ……か。そうだよな。それこそ前回の俺が得られなかった青春の過ごし方だよな）

「うん、なんだか俺も文化祭が楽しみになってきたな。なんかやる気が出てきたぞ」

「ふふっ、それは良かったです！　どんな出し物になるかわかりませんけど一緒に頑張りましょう！」

そうしてさほど関心がなかった俺もすっかり文化祭モードになり、今回はしっかり楽しんでみようと構えていたのだった。

——その後、無関心どころか、俺が文化祭に全神経を集中させせなければならない事態になるとは想像もせずに。

＊

「だからさあ、もっと派手にしよーぜ！　そんなんじゃ面白くねーよ！」

「あーもー！　だからだりーのはやめろって言ってんだろ！」

「ああもう、どうしてそう混ぜっ返すんですか！」

教室の中に多数の声が響き渡る。

俺たちのクラスでは、今まさに文化祭の出し物を決める会議を開いている。

一見活発に議論をしているようだったが——内情は最悪だった。

（一体いつまで議論している気なんだ……！　もうかれこれ一週間近くだぞ⁉）

そう、最初はこの状況を俺もクラスの他の奴らも楽観して見ていた。

せいぜい出し物の候補をピックアップして、どんな内容にするのか決定する会議——それが延々と長期化するとは夢にも思わずに。

その原因は、主に今声を荒らげているこいつらのせいだ。

「だからさあ！　どの案になってもいーけど普通じゃ面白くねーだろ！　なんかこうドガーンってインパクトある奴にすりゃいいって！」

派手好きで具体的なことを言わずに、引っかき回すバカの赤崎《あかさき》。

「だりーから食い物とかお化け屋敷とかパスだ！　テキトーに手を抜いた展示でいいじゃんよ！　セコセコ準備するなんてやってらんねーって！」

面倒くさがってひたすら楽なものにしようと主張する、口癖が『だりー』の野呂田《のろだ》。

「だから意見をゴリ押ししようとしないでください！　全員でやることなんですから、もっとよく話し合わないとダメでしょう！」

本人は真面目だが、協調性を重視するあまり何も決められない実行委員の風見原《かざみはら》。

一応出し物候補はある程度絞れてはいるのだが、こいつらが騒ぎまくって全然その先に進まない。

（完全に『会議は踊る、されど進まず』だな……）

お互いの主張が異なることもあるが——ここまで長期化すると『喧嘩《けんか》状態』になる。

前世における会社の会議などでもたまに見られた現象で、相手の意見を吟味して検討することは二の次となり、ただただ自分の主張を押し通すことに固執しだすのだ。

（自分が引いて相手の意見を受け入れることを『敗北』だと考え始めるからな……）

本来はそうならないように司会が意見の調整を行うものだが、残念ながら実行委員の風見原は「ちゃんと話し合って！」としか言わず調整能力がない。

「くそ……もううんざりだぜ。なんでもいいから早く決まれって感じだよな」

隣の席にいる銀次がくたびれた様子でボヤく。

他のクラスメイトたちもあまりに長引く会議にうんざりしており、もはや誰もがぐったりと状況を見ているだけだ。

「なあ、おい銀次……今自分の意見ばっか言ってる奴ら以外に誰か発言力ある奴はいないのか？　いくら何でもこれじゃ準備期間的にマズいぞ」

「は？　いや、そりゃ何人かいるけどこんな状況になったらもう誰も首を突っ込みたくないだろ。今口出ししたら、ヒートアップしているあいつらの相手をしなきゃならないんだぞ？　ならこのまま黙っていて成り行きまかせって感じだろ」

「まあ、そうだよな……」

（だんだん思い出してきた……そういえばこの時って結局グダグダのままでまとまらず、

野呂田の主張通り簡単な展示をしてお茶を濁したんだっけ……）

当然そんな経緯で決まった展示の質が良い訳もなく、ウチのクラスは閑古鳥が鳴いて終わった。

それについて前世の俺は『楽になって良かったな』程度にしか思っていなかったが――

ふと、紫条院さんの席に視線を向ける。

普段はとても朗らかな少女は、クラスの団結からはほど遠い疲労感漂う会議に明らかに気を落としていた。

楽しみにしていた文化祭に暗雲が垂れこめてきたことを、悲しんでいた。

「…………」

このままいけば無気力な出し物に決定し、紫条院さんが期待したクラスで盛り上がるイベントとはほど遠いものとなる。

ならば……それを覆す方法は？

（ある……あるにはあるけど……）

少々準備が必要だが、この状況を打破することはおそらく可能だ。

だがそれには俺もそれなりに覚悟を決める必要がある。

前世の高校時代では考えもしなかった行動を起こさないとならないのだ。

（いいさ……どうせなら本気でやってやる）

このままじゃ、紫条院さんの顔は悲しみとやるせなさに曇るだろう。

それはとても許容できない。ほんの少し想像しただけで俺の心が激しく拒絶する。

そうして俺は心を決めた。

陰キャとはある意味真逆のことを、最後までやりきってみせることを。

＊

「何やってんの兄貴……？」

ジュージューと美味《おい》しそうな音が響く夜の居間で、妹の香奈子《かなこ》が不思議そうに聞いてきた。

「ああ、ちょっとタコ焼きを焼いているんだ」

そう、俺の目の前にあるのは昔商店街の福引きで当たったタコ焼き器だった。

安物のわりにそこそこ高性能で、俺がピックで生地をひっくり返すとカリッとした仕上がりを見せてくれる。

「いやそれは見ればわかるけど……なんでまた？　タコ焼きパーティーでもするの？」

先日の一件以来――香奈子は長年の素っ気ない態度が嘘のように、驚くほど気さくに俺へ話しかけてくるようになった。そのことに胸が満たされるような幸福を覚えながら、俺もまたフランクに答える。

「そうだな、一言で言うと紫条院さんのためだ。あの子の悲しみを止めたいんだ」

「は……？　タコ焼きで止まる悲しみ……？　何それ、紫条院さんって粉モノ食べると元気になるの？」

「そんなわけないだろう。紫条院さんを馬鹿にするな」

「兄貴が圧倒的に言葉足らずなんだって！　というか兄貴って紫条院さんが絡むと知能指数が低下してない⁉」

何を言うか。そんなことあるわけ……いや、まあ紫条院さんのことを考えると心が幸せになってやや思考がシンプルになってしまうことはあるかも……。

「……っと、ちょっとすまん電話だ」

ガラケーにかかってきた番号は俺の知ったものだった。

「あ、ドーモ！　新浜です！　お世話になっております！」

「⁉」

俺が通話を始めると、何故か香奈子の顔がギョッとなる。

「はいどうも、お見積もりありがとうございますぅー！　それでお値段は……あー、そうなんですねー。すみません、ちょっと予算が足らないので、それだと他社さんにお願いすることになるかと……ええ、ええ！」

ああ、なんか懐かしいなこういう商談。

まあ昔取った杵柄《きねづか》だ。もう一押しさせてもらうぞ？

「それでですね！　すこぉーしお安くして頂ければ御社の方にお願いしようかなぁーと！　あ、そうして頂けますか！　いやー、大変申し訳ありません！　それじゃ納期を見越して近日中にまたご連絡します！　はい、はい！　あ、どうもー、失礼いたしますぅー！」

通話を切ってカチャンとガラケーを閉じる。

折りたたみ式って未来では廃れたけど、ポケットに入れるには便利だよなー。

「ふう……これでこっちはよしと。……ん？　どうした香奈子」

「どうしたはこっちの台詞《せりふ》だよっ！　何そのコッテコテのサラリーマンみたいな気持ち悪い喋《しゃべ》り方!?」

「あ……」

自分では全く意識していなかったが、商談の事となると無意識に社畜時代の対社外モードに切り替わっていたようだ。ううむ、魂に染みこんだクセって怖ろしいな……。

しかし気持ち悪い喋り方と言うが、このフランクさとテンポの良さは結構交渉事をスムーズにしてくれるんだぞ？

「いや、その……ちょっと今とある業者の人と話していてな。相手がそんな喋り方だったから合わせただけだ」

「ふーん……ま、最近の兄貴の奇行は今に始まったことじゃないからいいけどさ」

まあ今のは確かに変な振る舞いだったかもだが……奇行って……。

「まあそれはそれとして……ふふ、それで今度は一体何すんの兄貴？　紫条院さんのために何かやらかそうとしているんでしょ？」

ちょっ、こいつめ……一転して目をキラキラさせやがって！

俺のやることを面白がってやがる……！

「あのなぁ……俺はお前に面白い話を提供するために頑張ってるんじゃないんだぞ？」

「あはははっ！　だってカツアゲしてくるヤンキーもどきを怒鳴ってビビらせた話も、紫条院さんに絡んできたギャルを脅して撃退した話も、おなかが痛くなるほど笑えたもん！　私さ、すっかり兄貴のファンだよ？」

にしし―、と可愛い顔で笑う香奈子を前にすれば、兄貴という生き物はやれやれと言いながら妹様のお気に召すままにするしかない。

ふう、まったくもう……。

「まあ、別に隠すことじゃないけどな。今回やろうとしているのは――」

俺が計画を説明すると、香奈子はやっぱり腹を抱えて笑った。

「あはははははははははは！　マジで!?　そこまでやる!?　しかももう完全に準備してるとか用意周到すぎてポンポン痛い……！　はー、ひぃー苦しい……！　いやもう兄貴最高！　私ファンクラブ会長になる！」

「泣くほど笑うなよ……俺は大真面目なんだぞ」

「あはは、ごめんごめん！　まあ……でもさ」

香奈子はなんだか嬉《うれ》しそうな面持ちで俺を見た。

「以前の兄貴なら逆立ちしても出てこない発想だよねー。もう兄貴のお熱っぷりは散々聞かせて貰《もら》ったけど……そこまでしようと思えるのは人生で滅多にない大切な出会いだからだと思うよ」

妙に大人びた表情で、幼い顔立ちの妹は語る。

「私とかマジでモテるけどさぁ。いくら男子が寄って来ても『この人とずっと一緒にいたい！』みたいな気持ちにならないから虚《むな》しいんだよねー。友達でも恋人でも、本当に相性がいい人って本当にレアだよ」

え……お前がモテるのは前世から知ってたけど、中学生でそんなラブの深奥みたいなことを言い出すほどのレベルなの……？　ちょっと兄はショックなんだが……。

「だからさあ、頑張りなよ兄貴！　そこまで力を尽くして助けたい人なんてもう二度と出会えないかもしれないし！」

「……ああ、そうだな」

それは本当にその通りだ。同性、異性を問わず、運命に感謝するほどの出会いはまれであり、下手をすれば一生遭遇しないほどに貴重なものだ。

そう、紫条院春華《はるか》という少女は、俺にとって奇跡と言えるほどの——

（…………奇跡と言えるほどの、何だ？）

適切な言葉を探すと、候補はすぐにいくつも見つかった。

憧《あこが》れの少女、永遠のアイドル、青春の宝石、そのどれもが正しいのだが……。

何故かその全てが、俺にとっての紫条院さんを表す言葉として間違っている気がした。

「んん？　兄貴どうしたの？　タコ焼き焦げるよ？」

「あ、いや……ちょっとボーッとしてた」

香奈子の声で我に返り、焼いているタコ焼きをひっくり返す。

焼き具合はちょうどぴったりで、試しに食ってみるが見事なカリふわだった。

「それじゃま、さしあたって明日は好き放題やってせいぜいクラスの連中の度肝を抜いてやるとするか」

「うんうん！　その意気だよ兄貴！　なんかもうテロみたいなこと考えてるのはビビったけどうまくやるんだぞー！」

「おう！　きっちり決めてやるよ！」

その日の晩は、せっかくだからと家族でタコ焼きパーティーをやることにした。

仕事から帰ってきた母さんは、決して仲が良好ではないはずの俺と香奈子がじゃれ合っている様に大層驚き、俺が「今夜は三人でいっぱいタコ焼き食おうぜ！　俺がガンガン焼くからさ！」と提案すると、涙ぐむほど喜んでくれた。

そうして新浜《にいはま》家は親子三人でワイワイ言いながら幸せな時間を堪能《たんのう》し——

俺は全ての準備を終えて翌日を迎えたのだった。

＊

そして——その日もクラスの文化祭出し物会議に一切の進展はない。
「あーもー、いい加減だるいっての！　そんなに展示以外がやりたきゃ勝手にやりゃいいだろがよ！　展示推し派の俺らは手伝わねえから！」

「それはダメです！　文化祭の出し物は全員で協力しないといけません！　ちゃんと話し合ってください！」

「そそ！　なんかパーッとした奴みんなでやろうぜ！　めっちゃ目立つやつとかよ！」

相変わらず面倒を避けたい野呂田に、ただ話し合いでの合意のみを訴える風見原、何の具体性もないイメージだけのくせに声はでかい赤崎。

思えば最初に風見原が『多数決はやめてとことん話し合いましょう』なんて言ったのが諸悪の根源だ。

そして最初はこの案にしよう、あの案にしようと意見が活発だったが、赤崎が『それじゃ普通すぎて面白くなくね？』と難癖をつけていくうちにみんなウザくなって議論を投げ出してしまったのだ。

さらに面倒臭がりな野呂田がグダグダな状況にキレて『簡単な展示でいいだろ！　これ以上は面倒くせーよ！』と連呼し始めて今に至る。

（こいつらわかっているのか？　こうしている間にも貴重な準備時間がどんどん過ぎ去っているんだぞ？）

そして、時間が不毛に消費されていくごとに、クラス一丸となっての文化祭を楽しみにしていた紫条院さんの顔がどんどん曇っていく。

他の生徒達も疲れ切っており、もう誰もかも『なるようになれ』と状況を見放している。

もはやこのグダグダを解消する要素はどこにもない。

だからこの流れを——俺が変える。

俺は一息を吐き、席から腰を浮かそうとして——

（…………ん……？）

何故か動きが止まる。

まるで身体が拒否するかのように、自分の席から立ち上がれなくなる。

その原因は、すぐに思い当たった。

俺の中にある過去。俺の陰キャな部分が鈍い痛みとなって俺の行動を拒絶している。

（はは、過去に戻ってからかなり払拭《ふっしょく》できたと思っていたけど……やっぱまだ俺の中にいるよな。大人になってもずっと陰キャのままだったもんな）

前世における高校時代の俺は、この自分の席という小さな領土から一歩も外に出ようとしなかった。手を挙げて意見を言ったり、積極的に交友関係を広げようとしたり、自分から何かに立候補したりすることを強く拒絶していた。

息を殺してとにかく目立たないように振る舞い、誰かから傷つけられることをただひたすらに恐れて震えていた。

（今まで何度か俺を攻撃してくる奴らをやりこめたけど、それは自衛のためで、相手も個人だったもんな。今回は自分から能動的に――しかもクラス全体を相手取ろうっていうんだ。俺の臆病《おくびょう》な部分が痛み出しもするか）

けど――俺はもう自分の臆病さに負ける俺じゃない。

痛みを恐れてこの席からずっと立ち上がらなかった過去は、ここで終わりだ。

（さて……それじゃあ行くか）

椅子をギギッと引く音が教室に木霊《こだま》する。

その場の全員の注目を浴びながら、俺はその場に起立した。

＊

話し合いの最中、突然起立した俺にクラスメイト達の訝《いぶか》しげな視線が突き刺さる。

俺はそれを無視して教室後方の荷物置き棚に近づき、用意しておいたオフィス用コンテナボックスを担ぎ上げる。

「へ？　おい新浜？」

「新浜君……？」

　銀次と紫条院さんの驚いたような声を背中で聞きながら、今度は教壇へ足を進める。

「んあ？　なんだよ新浜？」

「ああん？　何やってんだお前」

「その……何なんですかその荷物？」

　赤崎、野呂田、風見原の三人は、ズカズカと教壇に上がってコンテナボックスを下ろす俺へ不審そうに声をかけてくる。

「風見原さん」

「は、はい？」

「俺から言いたいことがある。ちょっと場を借りるぞ」

　文化祭の実行委員に一言断りを入れ、しかしその答えを待たずに俺は教卓に手をつく。

　そして俺はクラス全員の眼前で大きく息を吸い――

「こんなアホみたいな会議やってられるかあああああああっ！」

　あらん限りの大声で叫んだ。

　当然、俺の横にいる風見原も自分の席からわめいていた赤崎と野呂田も、その他のクラスの面々も呆気《あっけ》にとられて硬直する。

そこにすかさず畳み掛ける。

「これ以上の話し合いは何も決まらなくて無駄なだけだ！　そこで俺は独自の提案をさせてもらう！　それが良《い》いか悪いかクラスみんなに判断してもらうまで、この会議は俺が仕切らせてもらうからな！」

一瞬、教室全体が静まりかえる。

そして——数秒後には予想どおりの反応がある。

「な……何言ってんだコラ！　新浜のクセにいきなり出てきてふざけたこと言ってんじゃねーぞ！」

「最近調子乗りすぎなんだよお前！　でかい面しやがって！」

「何が仕切るだ！　引っ込んでろ！」

（……八：一：一ってとこか）

クラス全体の反応を見て、脳内で派閥の区分けを行う。

八割がこの状況に混乱していたり沈黙していたりする生徒。

俺に対して特に強い反発はなく、おそらくこの停滞した状況を変える力があるなら誰だろうと歓迎してくれる。

一割は俺に敵愾心《てきがいしん》を抱いている生徒。

『オタクで弱っちい新浜』に仕切られることが気にくわなかったり、俺が成績を上げたりして存在感を増してきたことにイライラしている奴らだ。

残り一割は手抜き展示推し派だ。

野呂田を代表として、面倒なことは避けたいがために楽な案を推している奴らで、俺の提案とやらが面倒くさそうだと反発している。

（八割が歓迎なら一見楽そうに見えるけど、声がでかい反対派が二割いるだけで意見をまとめるのはキツいんだよな……）

そして俺は今から陰キャの対極なことを――クラス全員に意志を発信して自分の意見を認めさせるということを達成しなければならない。この、明らかな敵対派がいる中でだ。

（いいさ……別に大したことじゃない。『ただ単にグダグダやってるより新浜の案に決めてしまえばいいじゃん』と思わせるようプレゼンテーションするだけだ）

「それじゃまずこれを見てくれ！」

ヤジを無視し、俺はコンテナボックスから学校の大判プリンターで作ったポスター二枚分ほどの大きさの表を取り出し、黒板に貼り出す。

周囲から「何だあのでかい資料……」やら「なんだよ授業でもする気か？」と色々聞こえてくるが全部無視する。

「これは文化祭までの残り作業時間と、各出し物案の平均的な必要準備日数、その他の問題点を示したグラフだっ！」

俺は腹に力を入れて大げさなほどに声を張りあげる。

反対意見持ちがいる会議では特にそうだが、とにかくでかい声と自信に満ちあふれた迫力ほど強い武器はない。どんな良案でも小さい声では誰にも届かないのだ。

「今日まで時間を無駄にしてしまったせいで、すでに無理な案がいくつかある！　まずそっから削っていくぞ！」

授業用の指示棒を伸ばし、貼り出したグラフをパンッと叩《たた》く。

「このグラフを見ればわかるようにお化け屋敷は絶対無理だ！　今からすぐ作業できるならともかく、どんな内容か話し合ってると絶対間に合わない！　日本庭園も同じ理由で難しい！　流しそうめんは確認してみたけど、そもそも保健所の許可自体が無理だった！」

データとそれを瞭然《りょうぜん》とするグラフを根拠として、ダメな候補にペンで×をつけていく。

口で言うだけよりも、こうやって視覚化したほうがはるかに納得が得られる。

「今から実行可能なのは『和風喫茶店』と『タコ焼き』の二つだ！　けどもうどっちがいいかとか議論している時間はない！　なので——あ、風見原さん！　これ貼るからそっち持ってくれ！」

「え、あ、はいっ」

　横に立っていたメガネ少女の風見原に手伝ってもらい、黒板のグラフ表を外して別のでかい資料を貼り出す。

「というわけで、この二つを合体させた『和風タコ焼き喫茶』を提案する！」

資料には図入りの解説が書いてあり、教室内の配置、食べ物メニュー、飲み物メニュー、などの概要がわかるようになっている。

「タコ焼きの味は四種類！　飲み物はジュース類多め！　値段は控えめ！　今年は他のクラスで粉モノはやってないから客の需要は間違いなくある！　喫茶店をやるクラスは他にもあるけどそっちはケーキ主体で飲み物は紅茶とコーヒー！　こっちはジュース主体だから殆《ほとん》どかぶらない！　しかもタコ焼き作りと注文取りの練習をちょっとするだけでお化け屋敷作りみたいに苦労するような要素は何もない！」

俺が一気にメリットを並べていくと、「へぇ……」「悪くなくね？」「いいかも……」とクラスメイトたちの関心が高まっていく。

「ええ……悪くないけどちょっと地味じゃね？」

出たなバカの赤崎。悪意はないくせに感性だけで意見に難癖をつけるクセやめろ。お前将来就職したら絶対苦労するぞ。

だがまあ、アクセントが不要かと言われればノーだ。

「ああ、呼び物商品もいくつか考えた！　例えば超ハズレロシアンタコ焼き！　一個だけワサビ入りなのは普通のロシアンタコ焼きと同じだけど、これはハズレに限界までワサビを入れ込んだ大ハズレ版だ！　大人でも絶対泣く！」

「へぇー……いいなそれ。面白そうじゃん！」

うん、お前って普段バラエティ番組の話ばっかりしてたもんな。

だからこういう罰ゲーム的なものは面白いって言うと思ったよ。

「あと、注文を取る係は和風……それも縁日的な要素として浴衣《ゆかた》や着流しを着てもらう！　タコ焼きを作る係は法被《はっぴ》とねじりはちまきだ！」

「へぇーへぇー！　そっちもいいじゃんか！　祭りだもんな！」

「ちょ、ちょっと待ってくださいそんな予算は……！」

「大丈夫だ。すでにレンタル店に値下げ交渉して予算内で貸してもらえる算段はできている。あ、それとこれがその衣装のサンプル写真だから黒板に貼ってくれ」

「そ、そこまで手配しているんですか……？　って何で私はさっきから助手みたいに使われてるんです⁉」

やかましいぞ風見原。

元はといえば実行委委員のお前が最初に『多数決で決めよう』とさえ言えばこんな面倒な事態にはならなかったんだからな⁉

貼り出された浴衣の写真を見た女子の感触は「へー……結構可愛い浴衣じゃない？」「ふーん、レンタルでこんなの借りられるんだ」「確かに縁日っぽいとお祭り感あるよね」と概《おおむ》ね良好だ。

そして女子だけじゃなく、男子たちも「まあ確かにタコ焼きの服って言ったら法被だよな」「屋台っぽいしいいんじゃないか？」と興味深そうに黒板の資料や写真を眺めており、殆どは俺の案に心が傾いている。

（ま、そもそも誰もがあのグダグダ会議からの救済を望んでいたし、こうして選択肢を切り落として、残った候補の折衷案を提示するだけで賛成が得られるのは当然だけどな）

しかし――

「だから面倒だって言ってるだろ！　楽な展示でいいだろうよ！」

絶対に面倒な出し物にしたくないマンの野呂田がなおもヤジを飛ばす。それはまあ予想通りなのだが、文句を言っている奴がさらにもう一人いる。

「さっきからベラベラと得意げに喋《しゃべ》ってんじゃねーぞ新浜！　誰がお前の案なんぞに賛成するかよ！」

案がどうと言うより、俺がこうして仕切っていること自体に反発しているのは、ややガラの悪い土山《つちやま》という男子生徒だった。

スクールカースト的に言えば二軍に位置している奴で、最近やたらと俺を敵視している。

どうも自分より『下』の奴が目立ったり活躍したりするのが大嫌いらしい。

他にも展示で楽したい奴や俺を敵視している奴はいるが、そいつらはクラスの雰囲気を読んで『まあこの感じなら別に新浜の案でいっか……』となっているのに、こいつら二人は本当に面倒くさい。

そしてこの最後の反対勢力への対応は――完全に無視するに限るっっ！

「おいコラこっち見ろや新浜！　無視すんな！」

うるせえ土山。敵視からくるヤジなんて聞く意味ねえよ。

そもそも俺はお前らの説得なんて不毛なことをする気はない。

俺の勝利条件は『空気』の形成。

俺の案を支持するムードでこの教室内を満たせばいいのだ。

そして――そのための切り札を投入する！

「さてそれじゃ――最後に試作のタコ焼きメニューを試食してもらおうと思う！」

「ほぇ!?」

　こっそりコンセントに挿して温めておいたタコ焼き器と、タコ焼きの材料。それらを教卓の上にドンッと載せると、横に立つ風見原が素っ頓狂《とんきょう》な声を上げた。

　驚いているのは風見原だけじゃない。

　いきなり教卓で料理を始めてしまった俺に、誰もが目を丸くしている。

「え、ちょ……新浜お前……教室でタコ焼き器とか先生の許可取ったのか……？」

「はは、バカなことを聞くなよ銀次。

　文化祭準備の割り当て時間ならともかく、今はまだ出し物決めの会議中だぞ？

「許可なんか下りる訳ないだろ！　完全に無許可だよ！」

「ええええええええええええええ!?」

　先生が不在なのをいいことに俺が校則違反をするのが相当意外なのか、銀次が叫ぶ。

　そして皆が呆気《あっけ》にとられている間にもタコ焼きはジュージューと焼け、俺が練習で培った技でカリふわに仕上がっていく。

「うお……いい匂い……」

「なんかお腹すいてきたね……」

「昼飯前だと効くわこの音と匂い……」

　そうだろうそうだろう。俺の行動に呆気にとられはしても、この生地が焼ける音とソースの匂いは腹が減るだろう？

「ほい、焼けた！　ほら、みんな座ってないで食べにこいよ！　これも俺の出し物案の説明の一つなんだぞ！」

皆の瞳《ひとみ》は完全に出来たてのタコ焼きに集中している。

ゴクリと唾《つば》を飲む音があちこちから聞こえる。

しかし……席を立って目立つのを恐れてか、誰も立ち上がろうとしない。

（くそ……うまく行ってたけどここで雰囲気が硬くなっちゃったか。どうする……？）

ここで皆が食べに来れば、もうほぼ俺の狙《ねら》いは達成される。

しかしここからどうやって皆を動かすか……。

俺が微《かす》かな焦りを感じたその時――

「はいはいはい！　私食べます！　新浜君のタコ焼き食べてみたいです！」

紫条院さんという俺の救いの女神が、とびきりの笑顔で勢いよく席から立ち上がった。

（ああもう、ベストタイミングすぎる！　ナイスだ紫条院さん……！）

俺への援護を買って出てくれたのか、はたまた純粋にタコ焼きを食べたかったのかは定かではないが、正直めっちゃありがたい。最高の助け船だ……！

「ほい、どうぞ。熱いから気をつけてくれよ！」

「はいっ！　あはは、青のりにかつおぶしまで載せてくれているんですね」

教壇までやってきた紫条院さんに、俺は紙皿に載せたタコ焼きを差し出す。

そして、クラス全員から注目されている中でタコ焼きを頬張ることを躊躇《ちゅうちょ》しないのが、純粋なまでに天然な紫条院春華という少女だった。

「はふっ、はふっ、ほおぉ……美味《おい》しいです！　普通のタコ入りはもちろん、ツナは生地に凄《すご》く合ってますし、チーズとベーコンが入ったのはすごくトロッとしてます！」

紫条院さんは実に美味そうな笑顔でタコ焼きをパクつき、完全に食レポモードである。

そして……その美味しそうな食べっぷりに、腹を空《す》かせた健全な高校生たちが耐えられるわけもなく――

「うわあ、美味しそう……」

「俺……ちょっともらってくるわ」

「あ、なら俺も……」

「ちょ、抜け駆けずりぃぞ！　俺だって腹減ってんだ！」

「え、みんな食べるなら私も食べたいよー！」

かくして、クラスメイトたちはタコ焼きを求めて教卓へ殺到する。

クラスで最大級の存在感を誇る紫条院さんが動いたことが引き金になり、あっという間に俺の周囲はタコ焼きパーティー会場と化してしまった。

「お、結構カリッとしてるな！　うまっ！」

「わわ、熱っ！　でもチーズ合うね！　塩気あるからソースなしでも美味しいよ！」

「おっこれは……明太子《めんたいこ》？　おお、辛みがあってイケるな！」

「俺タコ焼きはソースよりポン酢が好きなんだけど……」

「えっ、何だそれ、餃子《ぎょうざ》的な扱いなん？」

「ちょ、おいお前ら！　これ試食だからな⁉　そんなに数用意してないからな⁉」

焼いた端からバクバク食べていくクラスメイトたちの食欲にはビビったが、状況は完全に狙い通りだ。ワイワイとタコ焼き談義をしながら、和やかな空気でこの完全無許可の試食会を楽しんでいる。

硬直した状況は打破され、完全に『空気』は形成された。

「ごああああああああ⁉　ちょ、うべっ！　なんだごれ⁉」

「あ、銀次。それ大ハズレだ。さっき説明した限界までワサビ入れた奴な」

「ちょっ、おばえ……！　じしょぐにぞんなぼん入れんびゃよ……！」

辛さで舌が回らない銀次に、皆がこらえきれない様子で楽しそうに爆笑する。

よし……これでもういけるだろう。

「さて、いきなりあれこれ言い出して悪かったけど、これが俺からの提案だ！　みんな賛成してくれるかどうか聞かせてくれ！」

満を持して俺が決を採ると――

「異議無し！」「さんせー！」「俺は気に入った！」「私はこれでいいと思う！」「いいんじゃね？」「どのみちあのままじゃ何も決まらないだろうしなー」「はふっはふっ」「まあフツーにいいだろこれで」「うん、絶対いいって！」「大賛成ですっ！」

予想通り圧倒的に賛成多数だった。

ちらりと視線を向けると、土山と野呂田は席に座ったまま不満タラタラな顔をしていた。だがもはやこの場が決してしまったことは誰の目にも明白であり、ギリギリと歯ぎしりしながら悔しそうに俺を睨《にら》むことしかできない。

（ま、もうヤジを飛ばせる雰囲気じゃないもんな）

会議やプレゼンテーションは流れや雰囲気がカギだ。

他の選択肢のデメリットを衝き、自分の案のメリットを強くアピールし、商品サンプルや実演によってその場にいる多数に『この案いいな』という空気を広げて固める。

これが成功すれば反対意見が少数残っていても『空気の読めない意見』となり無力化してしまうのだ。

「じゃあ、風見原さん。いきなりしゃしゃり出て悪かったけど。俺の案が採用されたみたいだから」

「えっ!? あっ、んぐっ、じゃ、じゃあ話し合いの結果、新浜君発案の『和風タコ焼き喫茶』に決まりということで！　もう時間がないですし十分のトイレ休憩を挟んだ後、すぐに内容を話し合いましょう！」

タコ焼きを急いで飲み込んだ風見原が宣言し、グダグダ会議はようやく終焉《しゅうえん》を迎えた。

というか風見原……お前一応司会役なのに三つも四つも食ってんじゃねえよ。

＊

十分の休憩時間の間にトイレに行っていた俺は、廊下の窓から吹き込む風を受けて自分のシャツがうっすらと濡《ぬ》れていることに気付いた。

どうやらさっきのプレゼンテーションで少々汗をかいたらしい。

（はあ、疲れた……思えば社畜時代もプレゼンは苦手だったもんなあ）

瞳に囲まれるあの状況が周囲全てから責められているように思えて、たびたび胃を痛めたもんだ。

（それにしても……この俺がクラスの皆の前に立って、ヤジが飛ぶ中で熱弁を振るって自分の意見を認めさせるとか……はは、前世の高校時代じゃ逆立ちしても無理だったな）

まあでも……うまくいって良かった。

ふと耳を傾けると、教室からザワザワとした声が聞こえてくる。

さっきのタコ焼き試食会で雰囲気が柔らかくなっているせいか、休憩中にもかかわらずあちこちの席で出し物のことを話し合っているようだ。

「そういえばエプロンどうする？　買ったら高いでしょ？」

「それなら家庭科の授業で作った奴があったでしょ？　あれ使おうよー」

「タコ焼きソースどうするよ？　やっぱオダフクか？」

「は？　ブルトック一択だろ？」

「お、イガリをハブるとか戦争か？」

「ね、ね、新浜君が用意した具材もいいけど、もう一種類くらい増やさない？」

「筆橋《ふではし》さんさぁ……そう言って家庭科の時も激辛卵焼きとか作ってなかった？」

うんうん、雑談混じりだが意識が高まっているのは結構なことだ。

良《い》い感じで雰囲気は加熱されている。これなら紫条院さんが望んでいたような、皆で楽しくワイワイやれる出し物になるだろう。

「あ、新浜君！　ここにいたんですか！」

声に振り向くと、紫条院さんが俺の傍らに立っていた。

その声にはグダグダ会議を黙って聞いていた時のやるせなさは微塵《みじん》もなく、はちきれんばかりに元気と嬉《うれ》しさが満ちている。

（ああ……）

紫条院さんの喜びに溢《あふ》れた顔を見た瞬間、俺の中で全ての疲れが吹き飛んでいく。

彼女の憂いを払えたことが嬉しい。無垢《むく》で優しい少女が在るべき表情を浮かべている様が、俺をふわふわした心地へ導いていく。

「さっきの会議での新浜君……本当に、本当に凄かったですよ！　まさかあんなことを計画していたなんて！　もう本当に素晴らしすぎます！　おかげで前にも後ろにも進めなくなっていたクラスが動き出しました！」

「いやいや、大げさだって。みんな疲れ果ててうんざりしていたから、俺の案をあっさり認めてくれただけだし」

興奮気味の紫条院さんに謙遜《けんそん》してそう言うが、おそらくただ手を挙げてあの案を述べただけじゃ成功はしなかっただろう。

何故なら、あの場には俺を敵視する奴らと、楽な展示推し派という敵がいたからだ。

その中でクラスの大多数の賛成を得るには、ああやって有無を言わさぬ勢いや試食会の実施などで一気に空気を固めるという、ある種の劇場型プレゼンが必要だったのだ。

「けれど……あんなにちゃんとした案とその説明資料なんていつの間に用意したんですか？　この間話した時は文化祭に凄く積極的という様子じゃなかったですし、前々から準備していた訳でもなさそうでしたけど……」

「ああ、二日前から案を含めて急いで用意したんだよ」

「え、えええええ⁉　出し物案を考え出したのが二日前だったんですか⁉　そんな短期間であのガッチリ調べた資料とか全部準備するのはもの凄く大変だったでしょう⁉　ど、どうしてそこまでして……⁉」

「それは……」

紫条院さんに問われて、俺は口ごもってしまう。

理由なんて一つだけであり、妹にも語った通りごくシンプルな事だ。

しかし、それを紫条院さんに白状するのがとても恥ずかしい。

頬が熱くなり、心臓の鼓動が速くなる。

さっきまではクラス全員の前で淀《よど》みなく口を動かしていたのに、たった一人の少女を前にした今は、上手《うま》く言葉が紡げない。

「クラスみんなでの文化祭を……楽しみだって言っていたから……」

「え……」

「あのまま出し物が駄目になったら……紫条院さんが悲しむだろうと思ったんだ」

「──────……」

俺が顔を真っ赤にして答えると、紫条院さんは目を見開いて強い衝撃を受けたように固まった。

そうして、沈黙が満ちる。

窓から吹き込む風の音しかない廊下で、俺たちは向かい合ったまま何も言葉を発せない。

お互いの瞳《ひとみ》に、ただお互いだけを映している。

そして──

「いつまでサボっているんですか新浜君！」

空気をぶち壊す風見原の声が教室から響いた。

「これから決めることは山のようにあるんですよ！　発案者のあなたがそんなところで油を売っていていいわけないでしょう！」

ちょ……お前こんな時にでかい声で……！

「……ふふっ」

不意に、紫条院さんの口から笑いが漏れる。

「もう休憩時間は終わりみたいですし、そろそろ行きましょうか。新浜君が考えてくれたこの案は、絶対成功させたいですし」

「お、おお。そうだな！　それじゃ俺たちも行くか！」

俺は頬の赤みを隠すように、早足で教室に戻る。

そしてその最中に――

――ありがとう、新浜君。

紫条院さんの強い想いがこもった呟《つぶや》きが、俺の胸へ確かに響いた。

六章　能力がある者は仕事を積まれる

文化祭出し物の詳細打ち合わせの合間、メガネが似合うミディアムヘアの女子——文化祭実行委員の風見原《かざみはら》美月《みつき》は唐突に俺に話しかけてきた。

「会議の件、収拾がつかなくなっていたのでマジ助かりました。冷静に思い返してみると私って『話し合って！』と叫んでるだけで全然進行出来てなかったですね……」

どうやらお礼と反省を述べにきたようだが、妙にクール顔でどれだけ感情がこもっているのかわかり難い。

「ああ、悪いけど……うん……」

否定してあげたいところだが、流石にあのグダグダぶりは擁護できない。

正直、あの状況の元凶説まである。

「めっちゃ実感しましたけど、決を採る機能がない会議ってただの泥沼ですね。永遠に何も決まらない感が凄《すご》かったです」

「お前が他人事《ひとごと》みたいに言うなよ⁉」

あんまり話したことなかったけど、結構マイペースだなお前⁉

「えぇ、反省していますし感謝しています。新浜《にいはま》君がいきなり壇上に上がって大声で叫びだした時は頭が壊れたのかと思いましたが……かなり救世主でした」

やめろ、真顔で拝むな。

というか今の淡々とした口調と違って会議中は結構声に感情がこもっていたけど、あれってお前なりに酷《ひど》い状況に焦っていたのか……？

「さて……それでは前置きも済んだところで本題です」

「え……？」

（あ……このパターンは……！）

かつて俺が何度も経験したことだった。

自分はダメだという宣言と、相手の持ち上げ。

ここから出てくる言葉はいつも決まっているのだ。

「ちょっとお願いがあるのですが……」

うわあああああ！　やっぱりいいいいいいい！

＊

「では正式に実行委員のアドバイザーとして就任してもらった新浜君です！　みんな拍手で承認をお願いします！」

風見原の紹介に、クラス全体からパラパラとした拍手が起こる。

唯一紫条院《しじょういん》さんだけは満面の笑みで喝采《かっさい》レベルの拍手をしてくれているが、嬉しい反面ちょっと恥ずかしい……。

風見原から頼まれた事……それは発案者として実行委員を補佐することだった。

決して喜んで請けたわけじゃないが――

『私の司会としての能力がクソ雑魚《ざこ》なせいで、新浜君にあそこまでさせてしまった不徳は恥じます。けどそれはそれとして、ここまで計画を練って資料まで用意した張本人が中心にいないとかダメでしょう？』と言われては反論する術《すべ》はなかった。

確かにプロジェクトの発案者が準備に携わらないなんて、開発チームがいなくなった後の続編ゲーム作りくらいにダメだろう。

（ま、どういう形にせよ最後まで責任は取るつもりだったしな。任命されたからには全力でやってみるか）

学生時代にこんなポジションに立った事はないが、社畜としてプロジェクトのリーダーなんぞを押しつけられたこともある。その時の経験からすれば――

（最初は目標設定だな。目指すべきゴールを決めた方がいい）

それは現状で最重要項目であるクラスの士気を、少しでも保つためのことだった。

ウチのクラスは会議で時間を浪費してしまい、準備期間が少ない。俺はそれを考慮して時間内で実現可能な案にしたつもりだが、スタッフの熱意が低下すればそれも危ういし、クオリティもどんどん下がってしまうものだ。

「風見原さんの補佐でアドバイザーをやることになった新浜だ。よろしく頼む。さて、それじゃ最初に言っておくけど、やるからには一番を目指したいと思う」

「え……一番？　一番って物販部門で一位を獲《と》るって事ですか？」

俺の言葉に、隣の風見原が驚いた様子で聞き返してくる。

ウチの文化祭は来場者の人気投票によって、物販と展示の二部門でそれぞれランキング付けをしている。それは全ての出し物が終了した最後に発表され、首位を獲ったクラスの打ち上げはもの凄く盛り上がる。

「ああ、その通りだ。物販一位を目指す」

「本気なんですか？　時間だって結構カツカツですけど」

「できるよ。絶対にできる」

メガネ少女が懐疑的な目で聞いてくるが、俺はノータイムで断言する。

「それぞれの年で物販一位だった出し物の記録を見たけど、どれも普通とちょっと違うインパクトと、お客の回転率の高さによる票の集まりやすさを備えているところだった。その点、ウチは店員が全員和装してて、普通のタコ焼き屋にはない変わりメニューが多くてかなり記憶に残りやすい。おまけにテイクアウトもやるから票を入れてくれるお客が単純に多くなる。まともにやればかなりの高得点が狙えるんだ」

俺がいかにウチの出し物が有利か説明すると、困惑気味だった皆も、

「ふーん、そういうもんか？」

「まあ、粉モノってお祭りでは鉄板で売れるよね」

「え、もしかしてウチって結構イケる？」

と〝一位〟をうっすらと意識し出したのが顔に出てくる。なんだかんだで皆高校生であり、ごく純粋に『勝ちたい』という気持ちは存在しているのだ。

「それに……ウチのクラスを散々馬鹿にした奴らがいただろ？」

俺が呟いた一言に、クラスの皆はピクッと敏感に反応した。

ようやく出し物が決まった俺達とは違い、他の同学年クラスはもうとっくに準備作業に

入っている。その中の一部は俺達のグダグダぶりを見て、

『おいおい、あいつらまだ出し物すら決まってないのかよ』

『あははは！　文化祭終わっちまうぞ！』

『いくらなんでもさぁ、まとまりなさすぎてウケるよねぇ』

などとヒソヒソ噂していたのだ。

そのマウントを取って嘲笑《あざわら》う様子を誰もが目にしていたようで、皆は一様に青筋を立ててムカつきを露《あら》わにしていた。

そして、それは俺も例外じゃない。叶《かな》うならあいつらをギャフンと言わせたい。

「確かにウチのクラスはスタートが遅いっていうハンデがある。ウチを馬鹿にしている奴もそうじゃない奴も、俺達がここから巻き返すなんて思ってない」

だが、だからこそ――

「こんな状況でウチのクラスが一位を獲ったら……痛快だと思わないか？」

「「「……っ！」」」

ニヤリと挑戦的な笑みを浮かべて煽《あお》る俺を、誰しも驚いた目で見ていた。

だが効果はあった。

俺につられるようにして、多くの生徒の顔つきが挑戦的に変わっていく。俺の提案する

ゴールに、場の空気がほのかに熱くなっていくのがわかる。

俺が一位という目標を設定したのはこのためだ。人間は高い目標を設定してそこへ向かう意欲を上げてやれば、普通に取り組むよりも遥《はる》かにパフォーマンスを発揮する。

それに——俺も皆も、おそらく誰もが嫌いではないはずなのだ。

不利な状況を覆して逆転一位という、そういうとても青春っぽいシチュエーションが。

「それじゃよろしく頼む！　急ピッチで進めていくからそのつもりでな！」

教室の雰囲気にスイッチが入ったのを確認し、俺は次の事に取りかかった。

＊

「それでは最後に山本《やまもと》君が装飾で、塚本《つかもと》君は調理ですね。文化祭当日の装飾班は給仕や食券係をやってもらいますのでそのつもりで」

役割分担の決定は今のところうまくいっていた。教室の飾り付けを担当する『装飾班』と調理及びキッチンの設営を担う『調理班』で大別されており、今ようやくその班分けを済ませたところだ。

「では、次に調理班の班長を誰か引き受けてくれませんか？」

風見原が声をかけて教室中を見渡すが——まったく反応がない。

誰もが目を逸《そ》らしているが、その表情は何か妙だった。何だか面倒臭がっているという訳じゃなく、自分には務まらないと思っているような……。

「うーん……それじゃ塚本頼めるか？」

このままじゃらちが明かないので、俺から指名して依頼してみる。

イケメン塚本なら人を使うことにも野球部で慣れているだろう。

「い、いや、流石にそれは無理だ！　他の事なら引き受けられるけど！」

「え……そんなに嫌なのか？」

調理班長はそりゃ軽い仕事じゃないが、いくらなんでもそこまで言うほどじゃ——

「いや、だから！　俺は料理なんて全然したことないんだよ！　班員ならまだしも班長が料理知識ゼロじゃマズいだろ！」

「あー……」

なるほど……自分がそれなりに料理をするから失念していたが、確かにタコ焼きは全員で電熱器や包丁を使うのだし、指導と危機管理を求められる班長は料理の心得がある人間が相応《ふさわ》しいだろう。

「確かに料理未経験者は時にとんでもないことをしますからね。かく言う私もこの前母からカレーを温めるように頼まれた時、ただ火にかけるだけじゃなくてかき混ぜる必要があると知らずに焦がしまくって怒られましたし」

「高校二年生でしていい失敗かそれは……」

他人事のように自分のポンコツぶりを語る風見原にツッコミつつ、教室を見渡す。他の調理班の面々の申し訳なさそうな顔を見るに、どうやら誰もが料理未経験者のようだ。

（うーん……どうしよう？　俺がやれば早いんだけど全体の監督みたいな役に収まってしまったし……）

「あ、あの……！　新浜君！」

「え……？」

呼ばれた方向に視線を向けると、そこには紫条院さんが挙手している姿があった。

明らかに緊張しており、いつも潑剌《はつらつ》としている表情はやや硬い。

「わ、私は料理はそこそこできますから、班長をやってみたいと思います！」

「それは……ありがたいけど、いいのか？」

紫条院さんは天然であり、スクールカーストなどに囚《とら》われずに誰にでも声をかけたりするし、クラスメイトたちの視線を気にせずタコ焼きを堂々と試食したりもする。

けどそんな彼女も、委員長や班長などの『集団の中心』となる役割はずっと避けてきた。

その理由は……前世ではわからなかったが、おそらく花山《はなやま》に絡まれた時のようなトラブルを避けるためだろう。

彼女が集団の中心に行くと周囲の男子の視線を確実に奪ってしまう。そしてそれによって一部の女子たちから敵意を向けられてしまう事を怖れているのだ。

「だ、大丈夫です！　しっかり役目を果たしてみせます！」

調理班の総員数は大勢というほどでもないが、何故いきなり紫条院さんがリーダーに立候補したのかはわからない。

けれど——可憐《かれん》な少女の表情はこの上なく真剣だった。自分にとっての禁を破り、勇気を出して一歩を踏み出したその心意気を汲《く》まない訳にはいかない。

「わかった！　じゃあよろしく頼むな！」

「っ！　は、はい！　任されましたっ！」

紫条院さんを信頼して任せると、彼女は両手で可愛く握り拳《こぶし》を作って就任に気合いを入れる。そんな頑張り屋な姿に、俺は思わず表情をほころばせた。

＊

文化祭の出し物が決まった日から三日経ち、今日もクラスの皆は放課後の準備時間でそれぞれの作業に追われている最中だったが、俺個人はようやく一息つけていた。

妙な役職を任じられてしまった俺だったが、あれこれを決める時間が過ぎた今はその仕事ももうお役御免のはずである。出し物は提案時から骨子となる計画を用意しているし、目標を設定して皆のやる気を増進させて各自の役割も振った。

これでもう後は一作業員として働くだけ——と思っていたのだが。

「予算がヤバいです」

「何でだよっ⁉」

淡々と報告してきた風見原に俺はツッコミを入れた。

俺がプレゼン前にどれだけ予算の計算をしたと思ってる⁉

衣装レンタル代という大出費も低価格に抑えて、ある程度余裕を持たせたはずだぞ！

「実は装飾班から予算の追加要求が来てまして……それがなんかもうガッツリな金額です。まずはこの要求書に目を通してください」

「な、なんだこれ……？　買う物多過ぎだろ？」

手渡された要求書をペラペラとめくると、座布団、小物、壁紙などのインテリアグッズが大量に要求されていた。こんなものを全部買っていたらいくら予算があっても足りない。

「あとこの……『でかい木材』っていう寸法も書いてない小学生みたいな注文はなんだ？」

「さあ、それはなんとも……とにかくこの強気の予算要求については装飾班も今議論の真っ最中のようですが、直接聞いてみるしかないですね」

風見原が指さした方を見ると、教室の一角で装飾班が二つに分かれて激しく言い争っているのが見えた。その雰囲気はちょっと干渉し難いが、財布を握る役としては話をしないわけにはいかず、そちらへ足を運ぶ。

「だから協力してよー！　確かに作業量は増えるけど、皆で考えた凄《すご》くいいアイデアだし、仕上げたらすっごくお店の雰囲気良くなるから！」

十数名ほどの装飾班の先頭に立っているのは、装飾班の班長であるショートカット少女の筆橋《ふではし》だった。そして、対立している四名の一派はその意見に否定的だ。

「お断りだっての！　最初の予定通りの作業ならまあやってやるけど、色々と付け足したその案だと無駄に働かないといけないだろ！　そんなにはりきらなくても、俺らは最低限のことだけしてりゃいいんだよ！」

なるほど……大体構図は読めたが……。

「あー、赤崎《あかさき》ちょっといいか？　状況を教えて欲しいんだが……」

まずは情報を得るべく筆橋派の後ろにいる男子生徒——バカの赤崎に声をかける。

「ん？　おう新浜と風見原じゃねえか！　ちょっとどうにかしてくれよ！　せっかく俺達が飾り付けのすげえアイデアを考えたのに、手を抜きたい奴らが反発してんだ！」

こいつはあのグダグダ会議の戦犯の一人なのだが、俺がそう思っていることも全く察する様子はなく『お前、なかなか面白い案を出してくれるじゃん！』と妙に気安かった。

「凄いアイデア？　どんなのだ？」

「おう、これが図案だ！　ちょっと金と時間はかかるけどめっちゃ和のムード出るぜ！」

「どれどれ……へえ、これは……」

「なるほど、なかなかいい感じですね」

赤崎が自信満々で渡してきた飾り付け図案は確かによくできていた。

全体的に和の雰囲気で統一されており、棚や机などの現実に引き戻されるオブジェクトを壁紙や和風テーブルクロスで隠し、教室内ということを感じさせない秀逸なデザインだ。

「な、すげえだろ！　ここのでっっっかい看板は俺が作る予定なんだ！　というわけで人の背丈くらいの木材が欲しいんだわ！」

あの『でかい木材』はお前の注文かよ！　せめて大きさくらい要求書に書いとけや！

「あ、風見原さんに新浜君！　要求書見てくれた？」

赤崎と話している俺達に気付いた筆橋が、反対派との言い争いを休止して期待に満ちた表情で声をかけてくる。

「ああ、大体の事情は今赤崎から聞いた。確かにこれはいいアイデアだな」

「ふふふ……お褒め頂きありがとう！　そんなわけだから提出した要求書の通りにたくさんお金が欲しいんだけど！」

スポーツ少女は自信満々な顔で堂々と希望を述べる。いいアイデアには絶対に予算がつくと信じているその若者らしい純粋さを見ると、無慈悲な回答を伝えるのが辛《つら》い。

「その、言いにくいのですが……あの要求は無理です。私もナイスな飾り付け案だと思いましたが、バリバリの財政危機にあるウチではあそこまでの金額はちょっと」

「えぇーっ⁉　そんなぁ！」

風見原の通達に、かなりショックを受けた様子で筆橋が悲鳴を上げる。

「はは、金がないならしょうがねえよな！」

「ま、そんなに気張るなよ！　文化祭のサ店なんて誰もそんなに期待してねえって！」

そして男子四人の反対勢力は勝ち誇り、やる気のある筆橋派は一気に意気消沈する。

「それにしても……よく短時間でこんなに細かく考えたな」

改めて装飾案の資料をめくると、その熱意がよく伝わってくる。明らかに自分達でアイデアを持ち寄って研磨したものだ。

「あ、うん……私も多分他の皆《みんな》も、最初はここまでやる気じゃなかったんだよね。文化祭であんまり張り切ると、子どもっぽくて恥ずかしいみたいな雰囲気もあったし。でも、その……新浜君がさ」

「え……俺？」

「そそ、新浜君が必死なくらい本気で出し物の提案をして、売り上げ一位を目指そうとか青春ドラマみたいな事を恥ずかしげもなく言うから……ウチの班にも『あ、これノリノリでやりたいだけやっていいんだ』って空気が出来て、ちょっと張り切っちゃったんだ」

あはは一、と筆橋が照れくさそうに笑う。

「それから皆であーでもない、こーでもないって言いながら案を作っていくのも凄く楽しくて……かなり熱が入っちゃったんだよね。その、よく考えたらこのクラスの文化祭ってこの一度だけなんだしさ」

「……そうだな」

そう、本当は高校二年生の文化祭なんて一度っきりだ。

俺のテンション上げ工作があったにせよ、青春の貴重さを理解してやる気を燃やしているお前や装飾班の奴らは、俺にはとても眩《まぶ》しいよ。

「でも、流石にお金がないならどうしようもないね……仕方ないけど諦《あきら》めるしか——」

「いや、そうでもないぞ」

「へ……？」

俺の言葉に筆橋が目を瞬かせ、風見原やその場にいる他の奴らも怪訝《けげん》な顔になる。

「あー、装飾班は全員聞いてくれ！　この要求通りの予算は出せないけど、安く済ませる方法はいくつかある！」

装飾班全員に聞こえるように、俺は声を大にして話を始める。

「まず、ベニヤ板や画材なんかは昨年の文化祭で余った奴を生徒会で保管しているから、そっちを使うこと！　どうしても足りない分だけまた要求してくれ！」

一息ついて、さらに続ける。

「あと壁とかを木目調に見せたいのなら学校の大判プリンターで簡単な壁紙を作るとお手軽だ！　段ボールと組み合わせりゃ和風の間仕切りも作れる！　装飾のアクセントで要求されてる扇子、すだれ、座布団なんかは全部百均にあるからそっちでなら購入していい！」

蘇《よみがえ》るのは、社畜時代のイベント会場設営の記憶だった。

うちの会社は金を全然出さないくせに、『会場前に看板を用意してくれよ！　ド派手で人目を引く、なんか良い《い》感じの奴な！』とか『イベントブースに華がないな！　お前ちょいちょいと祭りっぽくしてくれ！』とか俺にたびたび無茶振《むちゃぶ》りをした。

そのたびに俺は百均で揃えた素材や小物、素人《しろうと》バルーンアートや折り紙で涙ながらに現場の設置や装飾を行ったのだが、その時の知識がどうやら役に立ちそうだ。

「それと赤崎が欲しがっていたでかい木材は、自分で木工所やホームセンターに電話かけまくってタダの廃材がないか探してくれ！　多少汚れててもヤスリをかければある程度綺《き》麗《れい》になる！」

俺の長々とした低予算案にその場の皆は数秒ほど呆気《あっけ》にとられ——

やがて筆橋達は弾んだ声を上げた。

「お、おお……！　ナイスアドバイスだよ新浜君！　確かにそれなら低予算でいける！」

「そっか百均！　大型の店舗に行けば確かに何でも売ってるよね！」

「大判プリンターって授業で使うでかい紙を作ってる奴か！　なるほどな！」

「え、ホムセンってタダで木材くれるのか⁉　うっひょうマジかよ！」

気落ちしていた面子《メンツ》が活気付き、逆に反対派は俺を『くそ、余計な事しやがって！』とでも言わんばかりに睨《にら》んできた。

悪いな。俺は学生時代を後悔しまくってる男なんで、基本的に青春を頑張っている奴の味方なんだよ。さて、後はどうやってこいつら反対派のケツを叩《たた》くかだが——

「新浜君。ちょっといいですか？　昨日話していたタコ焼きの新メニューの……あ、す、すみません。取り込み中でしたか？」

　調理班のことで俺に話しかけてきたらしき紫条院さんが、装飾班の面々と俺が何やら話し合っている最中である事を察して言葉を止める。

「ああ、いや、装飾班の新しいアイデアのことでちょっと話をしてたんだけど、もう大体終わったよ。何でもこの図案の通りに作るらしい」

「え？　これは……わぁ、凄くいいですね！　お客さんがパッと見て、教室じゃなくて『お店』って思える見事なデザインです！」

　学校一とも言われる美少女に絶賛されて、装飾班の男子連中は照れ笑いを浮かべ、反対派の男子四人はバツが悪そうな顔になる。

「あ、でも……これ、その分作るのが大変そうですね」

　心配そうに呟《つぶや》いた紫条院さんに、俺は今まさにその事で揉《も》めているのだと説明しようとして――ふと一つの方策を思いつく。

「ああ、そこは装飾班全員が突貫工事で頑張るらしい。な、お前ら？」

「な……!?　え、いや、それは……！」

　俺が反対派の連中に話を振ると、奴らはあからさまに狼狽《ろうばい》した。本当は勝手に決めるなと言いたいのだろうが、学校のアイドルがこうも褒めている中で、その期待に反することは口にし難いのだろう。

「わ、そうなんですか！　皆さん凄いやる気で素晴らしいです！　こういう時に頑張れる人ってとっても素敵ですね！」

心からの賞賛を込めた紫条院さんの快活な言葉と笑顔に、反対派はどいつもこいつも頬を赤らめて魅了される。もはやこれでは彼女の期待を裏切ることなどできはしない。

「え、ええと……ははは！　ま、まあ、こんくらい俺らにかかりゃ楽勝だって！」

「お、おお！　ちょっくら本気を出そうぜって話してたとこなんだ！」

かくして反対派は手の平を一瞬で回転させる。

なんかもう、悲しいほどに男子である。

「ちょ、えええええええ⁉　私たちがあれだけ言い争いしたのに一瞬で陥落⁉　さ、流石紫条院さん！　猫にマタタビ、男子に巨乳ってことだね……！」

「な、何を言っているんですか筆橋さんっ⁉」

あっさり障害が消えたことに筆橋が感嘆し、エロいワードが苦手な様子の紫条院さんが顔を赤らめて胸を押さえる。

よし、ともかくこれで一件落着――と思ったのだが。

「風見原と新浜！　すまんっ！　ちょっとお願いがあるんだ！」

がっしりした体の短髪男子、野球部の塚本が突然俺達の下へやってくる。

「店番のスケジュールなんだけど、俺どうもこの時間じゃないと彼女と時間が合わなくて一緒に文化祭が回れないみたいなんだ！　悪いけど空けてくれないか！　な、頼む！」

「うわ……彼女と文化祭デートとか非モテに対する自慢ですか？　妬《ねた》ましいんですけど」

おいこら風見原！　気持ちはわかるが正直な感想を漏らすな！

（しかし困ったな。塚本のシフトが空いたらそこに誰を入れるか――）

「新浜君！　ちょっとなんとかして！」

思考を巡らすヒマもなく、別の女子生徒が泣きつくように駆けてくる。

「野呂田《のろだ》君がだりー、だりーって言って何も手伝ってくれないの！　文句言ったらすぐ教室から逃げちゃうし……どうしたらいいの!?」

な……まだそんなこと言ってるのかあいつ！　なら――

「なあ新浜！　食券ってどうやって作るんだ!?　俺パソコンわかんないんだけど!?」

「わ、悪い！　買い出しの領収書が見当たらないんだけど……！」

ちょっと待てええええええええ！

一つの問題を解決する前に、クラスメイトたちが新たな問題を持ってくる……！

いかん……これは前世における忌まわしい記憶、現場崩壊の兆候だ。

誰もが『時間がないから急いで準備しよう』という意識を持ってくれているが、そのせいで焦りが現場を混乱させている。

出し物さえ決まれば紫条院さんが望むような文化祭になると安心していたら、こんなにも問題があるとは……！

ええい――ならもう本気でいくしかない！

元社畜らしくとことんまでやってやる……！

＊

翌日――文化祭準備作業の時間。

文化祭の各準備班と話し合うべく、俺は教卓からクラスメイトたちと向かい合っていた。

「さて、それじゃ打ち合わせを始めますね。議題は昨日、皆が一斉にワーッと浴びせてくれた大量の要求や相談についてです」

クール顔の風見原が言外に『一度にあんなに相談されてどうしろって言うんですか？バカタレですか？』という意を含ませつつも、淡々と議事の開始を告げる。

すると――

「な、なあ！　本当に領収書見つからないんだけど、どうすりゃいいんだ!?　まさか責任取って自腹とか言わないよな!?」

「ほんっと自分のことですまん！　彼女が文化祭を一緒に回るのを楽しみにしてるんだ！どうか俺のシフト調整を頼む！」

「なあ新浜！　昨日教えて貰《もら》ったとおりに木工所やホムセンに電話かけまくったんだけど、どうもタダで貰えるのは小さい木材ばっかかみたいでよ！　何か良い案ねえか？」

ざっと耳に入る声以外にも、教室中から相談やら要求やらが雪崩となって押し寄せてくる。どうやら昨日俺が装飾班の揉め事を解決している所を皆見ていたらしく、『困っている事は新浜に』という空気が出来てしまったようだった。

(だからって一斉に言うなっての……！　俺は聖徳太子《しょうとくたいし》か!?)

「収拾つきませんね……別に不真面目な事を言ってる訳ではないので無視できませんし」

「ああ、ちゃんと皆やる気を出して急ピッチで進めてくれているからこそ、細かな相談事が一度にボロボロ出てきている感じだな」

もはや上がる声が多すぎて誰が何を言っているのかわからない状態で、壇上の俺たち二人は小声で言葉を交わす。

「ええ、もっとゆっくり準備できれば良かったんですけど……出し物を決めるだけの会議にアホみたいな時間を取られたのはやっぱり痛かったですね」

いやだから他人事《ひとごと》みたいに言うなよ……。

一応その件については風見原も本気で反省しているらしいが、こいつは想像以上にマイペースな性格のようで今イチ感情が読みがたい。

「それで実際どうします？　役所の窓口みたいに番号札でも配ります？」

教室内はすでに喧々囂々《けんけんごうごう》といった様子で、確かに順番に並んでくれと言いたくなる。

だがまあ……相談内容は昨日殆《ほとん》ど聞いたしな。

「いやいい。一応全部の回答は用意してきた」

「はい……？」

「みんな一旦《いったん》静かにしてくれ！　それぞれの相談について順番に回答していくぞ！」

大量の案件への対応策を考えてきたせいで、頭はクタクタだがなんとか気合いを入れて声を張り上げる。

ええいクソ、今世ではこういう残業疲れとは無縁だと思っていたのに！

「と、その前に野呂田……お前は今何もやってないみたいだから写真撮影係頼むな」

「はあ!?　なんで俺が……う……」

文句を言おうとした野呂田だが、クラスメイトたちの冷たい視線に黙らされる。

こんなに忙しくしているクラスの中でサボろうとする奴への当然の反応だ。

「撮った写真は後で教室に貼り出したり、皆《みんな》に配ったりするんだ。枚数が少なかったりピンボケばかりだと皆から相当ブーイングが出るぞ。しっかりやってくれよ？」

「ぐ……てめえ……くそ、わかったよ……！」

俺がサボり難い仕事を任命すると、不承不承ながら野呂田が頷《うなず》く。

クラス全員から責められるような目で見られることは流石に辛《つら》いらしい。

よし、まず問題その一は片付いた。

「じゃあ本題に入るけど、まず、食券の作り方は簡単なフォーマットを作ったからそれを使ってくれ！　大判プリンターの使い方がわからないって件は印刷設定をメモしておいたからその手順通りにやればできる！　そもそもパソコンがわからない奴はパソコン部の山《やま》平銀次《ひらぎんじ》に相談すること！」

「えっ⁉　ちょっ、そこで俺に振るのかよ⁉」

「フリー素材を選んで印刷するくらいお前なら楽勝だろ！　どうしても無理だったら俺に言っていいから、ひとまず頼む！」

「う、ううう……ああもう、仕方ねえな！」

すまん銀次。このクラスでそれなりにパソコンに詳しい奴は、俺以外だとお前しか知らないんだ。俺達みたいな陰キャにはややキツいかもしれんが、頼りにさせてくれ！

「さて、次だ！　領収書をなくしちまった奴はレシートを出せばいい！　それすらないのなら、何をいくらで買ったのか可能な限り正確に調べて紙で提出すること！　そこまでやれば今回はなんとかするけど、今後は絶対になくすなよ！」

なくしてしまった生徒だけじゃなく、全員に釘《くぎ》を刺す。

領収書の紛失は、会社なら本当に自腹もありえる案件なのだ。

「赤崎の看板用木材については、小さい木材しか手に入らないのなら、木工用ステープラーで繋《つな》いで一つに合体させてみろ！　けど、でかく作るのなら看板が倒れたり落ちたりして人がケガすることがないようにしてくれ！」

「おおおお！　なるほど合体か！　面白くていいじゃねえか！」

「それで次は――」

赤崎が納得してくれたことにホッとしつつ、どんどん案件を捌《さば》いていく。

だが、あれをやりたい、これを買いたいという要求の全てに解決法があるわけではなく、無理なものはガンガン却下を言い渡す。全員の希望を叶《かな》えていたらキリがない。

「部活の出し物やら何やらで予定のある奴は、明日の放課後までに風見原さんか俺に報告してくれ！　表計算ソフトでシフト表を作って抜けがないようにする！　基本的に急な予定変更はなしの方向で！」

　絶対に途中で唐突な予定変更を言い出すなよ！　急なシフト変更ほど、スケジュール管理者泣かせはないんだからな⁉

「あと店のシステム的なところは……マニュアルを作ってみた！　内容は教室内の配置図、食券や支払いのシステム、注文取りの流れ、領収書の貼り方……その他諸々《もろもろ》だ！　困ったことがあったらまずはこれを参照してくれ！」

（…………ん？）

　一通り説明を終えてふと教室を見渡すと、あれだけ騒がしかったクラスメイトたちが、何故か誰も彼も呆気《あっけ》にとられたように俺を見ていた。

　やたらと衝撃を受けた様子で、揃《そろ》って目を白黒させている。

（……なんだ？　みんなしてどういう反応だ？）

　その様子に妙なものを感じながら、俺は和風タコ焼き喫茶の店員マニュアルを配布していく。皆は緩慢な動きながらもそれを受け取って席の後ろに回していくが……ページをパラパラとめくるたびに、誰もがますます啞然《あぜん》とした表情を深めていく。

（ど、どういうことだ？　一体どうした？）

「うわ……なんですかこの死ぬほど詳細なマニュアル。注文の復唱とオーダーの伝え方、お金の保管の仕方に……お客が騒ぎを起こした時の対応まで……」

俺の隣にいる風見原が何故か呆《あき》れたような声を出す。

「ああ、発案段階で計画資料にあったものを読みやすくまとめただけのマニュアルだけどな。接客担当や会計担当がその辺わからなくて困っていたから作ってみたんだよ」

「え……発案段階からこんなにガチガチに考えていたんですか？」

「へ？　そりゃあツッコミがないように予想されるトラブルの対応法を考えて、企画段階からガチガチに固めるのは当たり前だろ？　じゃなきゃ『ここがダメ！』『この部分がなってない！』『こんな穴だらけの案なんて採用できるわけねーだろ！　全く使えねえ奴だな！』って罵《ののし》られまくるじゃないか」

「罵りまくったりなんかしませんって。まったく……新浜君の中でこのクラスはどれだけ心がねじ曲がった集団なんですか」

いや、まあ……クラスの奴らがそこまで言うとは思わないけど、俺自身が落ち着かないんだよ。

なにせ心のねじ曲がった集団の中に十二年もいたんだ。

俺なんて大して有能な社員じゃなかったからな。怒られないように様々な要素を検討して、ガッチリとした下準備をするクセがついてるんだよ！

「さて……以上で大体回答できたと思う。新しく何かあるなら今言ってくれ」

俺が教室を見渡すと、やはり誰もが配ったマニュアルを開いたまま沈黙している。

なんだ？　なにか妙に衝撃を受けているような……。

「なあ……新浜……」

「ああ、なんだ塚本？」

静寂の中、ゆっくり声を上げたのは野球部の塚本だった。

どうした？　お前と彼女とのデート時間はすでにシフト調整したぞ？

「お前ってさ……凄《すご》いんだな……」

「は……？」

欠片《かけら》も予想しなかった言葉に、俺は目を丸くした。

すごい……？　すごいって何だ？

「いやだって……冷静になって考えると俺たち好き勝手な要求やら相談やらを大量にドバーッて浴びせていただろ？　それをこんな……一日で全部対応してくれるなんて……普通できねえよこんなの……」

「うん……昨日装飾班の事でお世話になった時も思ったけど、本当にすごいよ……どうしても無理なことは却下してたけど、どのお願いも可能な限り叶えようとして色々考えて対応策を出してくれたのがわかる……」

　さらに装飾班長の筆橋も同調するように褒め言葉を口にする。

　それはまさか……俺に向けての言葉なのか？

「このマニュアルの完成度もすげぇな……バイト先でもらった接客マニュアルより分厚いのにめっちゃわかりやすい」

「出し物を提案してくれた時も説明凄いなぁって思ったけど……新浜君ってこんなに頼りになるんだね……」

　他のクラスメイトも次々に、俺へ『すごい』という言葉を口にする。

　その状況を、にわかには理解できなかった。

（俺が……褒められている？　クラスの奴らに？）

　それは全く未体験の出来事だった。

　小、中、高の全てにおいて、学校生活における俺の価値なんてゼロだった。

　勉強もスポーツもできず、他人に怯《おび》えて縮こまる男子なんて居ても居なくてもいい奴で、吹けば飛ぶような存在だった。

　だから、笑われたり無視されたりバカにされたりする事こそあれ――

『すごい』と言われるシチュエーションなんて、想像もしていなかったのだ。

（……は、まったく……二度目の人生は予想もしない事が起きるな……ん？）

ふと教室後方の席に座る紫条院さんが目に留まる。

俺がみんなから褒められているこの状況にやたらニコニコしており、むふーっ！と言わんばかりに可愛いドヤ顔で豊かな胸を反らしている。

……意図はわからないが何故か妙に得意気だ。マイナーな推し漫画がネットで評価され始めた時の俺みたいな表情である。

まあ、それはともかく――

「ははっ……こんな大勢から褒めて貰《もら》えるなんて思わなかったよ。みんな、ありが――」

予想だにしなかった賞賛に多少照れつつ、俺はお礼の言葉を口にしかけ――

「……まあけど、その……この詳しすぎるマニュアルとか執念めいたものを感じてちょっと引くけどな……一日で作ったってマジかよ……」

「うん、めっちゃ感謝してるんだけど……ええと、その、一日であれだけの要求に対応しちゃうのは凄すぎてちょっと変態じみてるかも……」

「なんかこう……すげーけど怖いよな……いや、すげーんだけど……」

っておいこらあああああ！　急にハシゴを外すなあああ！

「そこ言う必要あったか!?　褒めるなら最後まで褒めろよおお！」

感嘆とドン引きが混じった複雑な顔になっているクラスメイト達に、俺は叫んだ。

七章　春華の挑戦とラブレター

文化祭準備に入ってから六日目。

毎日の事となった放課後の出し物準備時間に、俺達は教室内に机を寄せ合って作った簡易キッチンの前へ集合していた。

今から始まるのは、調理班のタコ焼き実演である。

実際に具材と生地を準備する手順と、当日実際に焼いてお客に提供する流れ。それを知っておくのは極めて重要であり、調理班も装飾班も一緒に確認しておこうという趣旨だ。

「で、では、私が実演させてもらいます！　よ、よ、よく見ておいてください！」

中心に立って宣言しているのは、調理班長の紫条院《しじょういん》さんだった。

制服の上から白いエプロンを付け、長い髪をゴムでまとめた姿はとても家庭的であり、鼻の下を伸ばしている男子も多い。

しかしその麗しさとは裏腹に、本人は気の毒なぐらいに緊張していた。

文化祭実行委員アドバイザーとして紫条院さんの隣に立っている俺には、彼女が声ばかりか微妙に身体まで震えているのがわかる。完全にカチコチだ。

(やっぱり……大勢の中心に立つのは得意じゃないんだな……)

一対一なら、紫条院さんは初対面だろうと男子だろうとその天真爛漫《てんしんらんまん》な心で気さくに話が出来る。けれど一部の女子からの敵視を避けるために、おそらく紫条院さんは子どもの時からこういう目立つ役は避けてきたのだろう。

つまり……指導や統率といったことはとても不慣れなはずなのだ。

「その……紫条院さん、あんまり辛《つら》かったら代わろうか?」

普段はふわふわした笑みを浮かべている少女が汗ばむほどに緊張している様が気の毒で、俺はそう囁《ささや》いた。周囲はかなりザワザワしており、他の連中に声は聞こえないはずだ。

「い、いえ……お気持ちはありがたいのですが、自分で決めたことは自分でやります。そうでないと、私もできる事が増えませんから……!」

声を震わせながら、エプロン姿の少女はきっぱりと気持ちを述べる。

そして——俺は見た。可憐《かれん》な少女の瞳《ひとみ》の奥に、いつもの紫条院さんにはない挑戦の意志とでも言うべきものが宿っているのを。

何故こんな自分の躍進を願うようなチャレンジを始めたのかはわからないが……その尊

い決意に水を差すのは野暮《やぼ》だということは明白だった。

「わかった。ならしっかりな。まあ、もし失敗したら……」

「失敗したら……？」

「にっこり笑って『今のはダメな見本の実演です！』って言えばいいさ」

「ぷっ……！」

ツボに入ったのか、紫条院さんは吹き出して身体を小刻みに震わせる。

実を言えばジョークではなく、紫条院さんの可愛さがあればそれで何とかなると本気で思っているのだが……。

「ありがとうございます新浜《にいはま》君。では、やってみます……！」

うまく緊張がほぐれたのか、紫条院さんの身体から震えが消えて活力が宿る。

まずは茹《ゆ》でダコをまな板に置いて包丁を手に取るが――

（そう言えば……紫条院さんの料理の腕ってどんなものなんだ？）

調理班長に立候補した時は『そこそこできる』と言っていたが、大会社の社長令嬢というセレブ少女の料理スキルが心配でないと言えば嘘になる。集まったクラスメイト達もその多くが俺と同じ懸念を抱いているようで、やや不安そうな顔を見せている。

（おおっ……？）

だが――そんな周囲のハラハラした気持ちを吹き飛ばすように、紫条院さんの包丁は的確に動いた。本人の生真面目な性格を反映したかのように動きは丁寧であり、タコは極めて正確な均等サイズへカットされていく。

皆《みんな》の表情が感心に変わっていく中で、紫条院さんは小麦粉や卵などの材料を混ぜてタコ焼き生地を作り、熱したタコ焼き器に丸めたキッチンペーパーでしっかり油を引く。ここをおろそかにすると生地がプレートにくっついてしまうと理解している動きだ。

そしてタコ、天かすなどを加えてジュージューとタコ焼きが焼き上がっていく。熱の通り具合も見切っているようで、とても良い焼き色の仕上がりだった。

「これに青のりとかつおぶしとソースをトッピングして……はい、できました！」

完成品を紙皿に載せて周囲に見せると、皆はその腕前におーっと賞賛の声を上げる。

紫条院さんはそんな皆の反応に照れて頬を微《かす》かに赤くするも、とても満足気だった。

額を濡《ぬ》らしていた緊張の汗を拭《ぬぐ》い、自分の挑戦がうまく行ったことに満ち足りた笑みを浮かべる姿は、眩《まぶ》しいほどに活力に溢《あふ》れている。

「お疲れ様、紫条院さん。お手本として完璧《かんぺき》だったな」

監督役として俺は今の実演に太鼓判を押す。実際、正確さと丁寧さを重視したあの動きは未経験者だらけの調理班には大いに参考になっただろう。

「はい、何とかできました！　あ、そうです！　後は味なんですけど、この出し物の発案者である新浜君がチェックしてくれませんか？」

「え？　あ、ああ、そりゃお安いご用だけど……」

紫条院さんのタコ焼きを味見する流れになり、周囲の男子が羨《うらや》ましそうな目で見てくる。

とは言え、あのタコ焼き試食会を開催した俺に味見を求めるのは妥当な流れだとは皆も思っているようで、特に文句が出る訳でもなく——

「ありがとうございます！　それでは召し上がってください！」

「「「!!!!!?!?」」」

瞬間、クラス全体に激震が走った。

それも当然の話だった。なにせ紫条院さんは紙皿を俺に渡すのではなく、あろうことか爪楊枝《つまようじ》に刺したタコ焼きを俺の口へ近づけてきたのだ。

つまり……いわゆる『あーん♪』の状態である。

（ちょ、いや、その……！　そりゃ嬉《うれ》しいけど、めっちゃ嬉しいけど……！　ほぼクラス全員が見ている中でこれは羞恥《しゅうち》プレイすぎるだろぉぉぉぉ!?）

ニコニコと穏やかな笑みを浮かべている紫条院さんはおそらく何も考えておらず、周囲にもたらしている驚愕《きょうがく》も俺の顔から火が出そうな羞恥もわかっていない。お菓子を友達にお裾分《すそわ》けする時くらいの、ごく純粋な親しみの気持ちからの行為なのだろう。

（恥ずかしい……恥ずかしいけど！　ここで味見を断って紫条院さんの顔を曇らすのは絶対に嫌だ！　そして何より、恥ずかしさより嬉しさが勝る……！）

俺は今世に来てから最大の精神力を費やして、衆人環視の中で紫条院さんの差し出すタコ焼きを口に入れた。味は……口と舌は美味《うま》いと言っているようだが、脳がパンクしておりその情報が全く認識できない。超推しアイドルのような少女の手料理を『あーん』で食べるなんて未知の行為に、俺の頭も顔もそれこそ茹でダコ状態だった。

「……う、うん、ちゃんと生地に熱は通ってるし、美味いよ」

「ふう、そう言って貰えてホッとしました。それにしても、家族以外に自分の料理を食べてもらうのは何だか新鮮ですねっ」

真っ赤な顔で辛うじて答えた俺に、紫条院さんが嬉しそうに笑いかける。

ふと周囲を見れば、男子たちが怨嗟《えんさ》と殺意が混じった視線を俺に向けているのに気付く。

紫条院さんの天然さは皆知っており、この『あーん♪』が彼女のほわほわした性格から出たものだとは誰もがわかっているようだが、それでも血涙を流すような羨望《せんぼう》や悔しさは抑えきれないらしい。

だが、そんなことよりも俺は紫条院さんに意識が向いていた。

実演を完遂できたことがとても嬉しいのか、エプロン姿で小さくガッツポーズを取る紫条院さんはとても可愛い。彼女が満ち足りている様を見ていると自分の心も温かくなっていくのだと――未《いま》だ冷めやらぬ羞恥の中で俺は気付いた。

＊

（ふう、ようやく落ち着いてきたな……）

朝のホームルーム前の喧噪《けんそう》の中、俺は文化祭にかかりっきりで疲労していた身体を休めてぼんやりと教室を眺めていた。

準備期間も残り少ないが、装飾班も調理班も業務進行は実に順調だ。

なんだかんだで、最初は乗り気じゃなかった奴らもだんだん協力的になってきており、今この時も細かい調整点を話し合っている奴が多い。

昨日なんて教室内で一生懸命に壁紙を貼っている男子四人を見て俺は驚いた。

何故なら、そいつらは筆橋《ふではし》たちが提案した教室の装飾案を『面倒だから嫌だ』と反対していたやる気に乏しい一派だったからだ。

よっぽど紫条院さんの魅力が効いたのかと思ったが――

『あー……その、ほらよ、面倒な掃除でもやってみると結構ハマったりするだろ？　それに、クラス全体がそういうノリになっているのに、乗らないのは何か損っつうか……』

実際に話を聞いてみると、彼らはバツが悪そうな顔をして心情を語ってくれた。まあ、要約すると『皆で作業するのは結構楽しかった』ということだ。

そうやって、徐々に協力して盛り上がっていく雰囲気が俺にはとても快く感じる。かつては遠巻きに眺めるしかなかった青春の熱気を直《じか》に感じられるのは、得られずじまいだったものがようやく手に入ったような感慨があった。

(なんかいいよなこういうの……ん？　なんだこれ？)

俺が安らかな気持ちになっていると、机の中から突き出た何かが腕に当たった。

見覚えのない封筒が机に押し込まれていると理解し、それを取り出す。

(…………？　なんだこりゃ？)

封筒の中身は手紙だったが、差出人に関する記述は一切なく……女子のものと思える筆跡で『放課後に中庭のベンチで待っています』とシンプルすぎる一文のみがあった。

俺はその手紙を三秒凝視して——

(なんだイタズラか)

くしゃくしゃと丸めて教壇近くのゴミ箱に投げ入れた。

＊

放課後、俺は少々浮かれた気分で校内を歩いていた。

なにせ俺はこれから文化祭で必要な品を買い出しに行くのだが、それに紫条院さんも急遽《きゅうきょ》同行することになったからだ。

何故そんなことになったかと言うと、発端は風見原《かざみはら》なのだ。

『偏見かもしれませんが、男子に大量の食材を買ってこさせるのは少々不安ですね……妙な買い間違いをしないように調理班長の紫条院さんにもついていってもらいましょう』

メガネ少女がそう言い出して、紫条院さんが快諾したことでそんな流れになった。

風見原は俺が日常的に料理をする事を知らず、タコ焼きだけの男と思っているからこその懸念だったのだろうが、俺は何か物申すことはなかった。紫条院さんと一緒に買い出しに行けるのであれば、それは俺にとっての幸福だ。

（ええと、先に調理班へ伝言を済ましてくるって言ってたな。待ち合わせ場所は……校舎の入り口っと……）

校舎内はあらゆる場所で文化祭の準備をしており非常に通りにくい。

特に校舎一階はかなり雑然となっており、少しでもショートカットしようと俺は中庭に足を踏み入れる。

「待ってたよ新浜」

「へ……？」

不意に名前を呼ばれて視線を動かすと、中庭のベンチ前に一人の女子生徒が立っているのに気付く。ふわりとした髪をサイドテールにしており顔立ちが整っている少女で、どことなく大人っぽい雰囲気を持っている。

んん……？　誰だ？　少なくともウチのクラスの女子じゃないが……。

「私ね、隣のクラスの坂井《さかい》っていうの。伝えたい事があったから、友達に頼んであの手紙を机に忍ばせてもらったんだ」

「手紙……？　あっ……」

頭によぎったのは今朝俺の机に入っていた手紙だった。

差出人の名前がないため、ただのイタズラだと思って速攻で捨ててしまったのだが……

確かに放課後に中庭のベンチで待っていると書いてあった。

「ねえ、新浜……私あんたのことが好きなんだ。私たち付き合おうよ」

（…………………は？）

そう告白され、俺の頭は混乱の極致に放り込まれた。

（ど、どういうことだ？　あの手紙はイタズラじゃなかったのか？）

てっきりそう思っていたし、俺が呼び出しの場所であるここを通ったのは偶然なんだが、実際に坂井と名乗る女子生徒は待っており俺を好きだと言う。

ま、まさか、本当にマジでこの子は俺のことを……？

（……いや、ないわ）

一瞬童貞思考が頭をよぎったが理性はそれを即座に却下した。

（この子とはマジで喋《しゃべ》ったことないし……色っぽい表情をしてるけどなんの緊張感もない。本当に俺に好意を持っているとは思えない）

だがそうなると、この状況は本当に訳がわからない。

（まさか……強制告白の罰ゲームか？　坂井はイジメられてて好きでもない奴に告白してくるように命令されてる？）

もしそうであれば、坂井にふざけた命令をした奴をなんとかしなければならない。

「あー……坂井さん？　俺でよければ……」

俺でよければ何か力になれるかも――そう続けようとした時だった。

「ふっ……くくっ……」

「え？」

「あはははははっ！　『俺でよければ』だって！　こいつマジにとってやがんの！」

突然大笑いしだした坂井に、俺はいよいよ意味がわからずに混乱する。

「おう見てた見てた！　マジウケるぅー！」

「なぁーんにも知らずにマヌケ面さらしちゃってさぁ！」

坂井の笑い声に反応して、校舎の陰から男子と女子が何人か出てきてこれまたゲラゲラと笑い出す。他人を貶《おとし》める奴特有の品のない笑い方だ。

「私があんたに告白？　そんな訳ないっての！」

（……ああ、なるほど！　これって『嘘告白』か！　漫画とかでたまに見る奴！）

やっと意味不明だった状況に得心がいき、俺は心の中でポンと手を打った。

冴《さ》えない男子に女子が嘘の告白をして、照れたり喜んだりする反応を隠れて見ていた奴が楽しむというアレだ。

（うぅむ、こんなアホみたいなイタズラをリアルにやる奴がいるとは流石に予想できなかったな……高校生の暇さを見くびってたわ）

「いやー、ケッサクだった！　坂井に告白されて慌てまくってたもんな！」

「オイオイ、坂井も笑い出すの早《はえ》ーよ！　勘違いしたこいつがなんて答えるか、最後までじっくり見たかったのによ！」

「あははは、ごめんごめん！　この根暗君が真剣に返事を悩んでるのを見たら我慢できなくてさ！」

いや……状況の意味不明さに混乱していたのと、『坂井がイジメで罰ゲームを強いられているのでは？』と心配していただけで、告白の返事とか考えてなかったんだが……。

「いやー、しかしマジでウケたな。いい見世物だったぜ新浜ぁ！　ははっ、告白が嘘でよっぽどショックだったみてえだな！」

（さっきから俺全然喋ってないんだけど、なんでこんなに盛り上がれるんだこいつら）

こいつらの脳内において、俺は告白に心臓を高鳴らせて有頂天になり、そして今はそれが嘘と知って呆然《ぼうぜん》としているのだろうが、そんな事実は全くない。

「あれ……？　ってお前、土山《つちやま》？」

よく見れば、今俺を嘲《あざけ》ったのは、ウチのクラスの土山だった。俺が文化祭の出し物プレゼンをやった時に何度も突っかかってきていた男で、普段からスクールカーストをとても気にしている奴だ。

（ははあ……周りの奴らはこいつの属しているグループか）

うろ憶《おぼ》えだが、何度か土山とつるんでいるのを見た気がする。男女でよくカラオケやらゲーセンやらに行っているという、街遊び好きのグループだったような……。

「ああ、俺だよ。おい新浜、なんでお前がハメられたかわかるか？」

「いや知らんけど……」

というかお前、文化祭の準備サボって何やってんの？

「実は俺の発案なんだぜ。最近チョーシ乗ってるお前で遊ぼうってね」

土山が何故か得意げに言う。

それにしてもまた『チョーシ乗ってる』か！　マジで便利な言葉だなそれ！

「最近お前マジで生意気なんだよ。隅っこでウジウジやってりゃいいのに、あちこちにお友達を作ったり、急にガリ勉したり、文化祭を仕切ったり……勘違いしやがって」

「それで私が告白役を頼まれたってワケ。私もチョーシ乗ってる奴はムカつくし」

（ああ……なるほど、道理で印象が薄いと思ったらこいつら二軍か。だから俺みたいな三軍が目立って怖くなったと）

彼らは有力なグループに属してはいるが、そこの中心を占めているのは一軍と呼ばれる発言力が高い生徒だ。そして二軍である彼らは腰巾着《こしぎんちゃく》や取り巻きというポジションに収まり、ひたすらに一軍をヨイショする立場となる。

そんな扱いでも自分が有力なグループに所属しているという事実は特権階級意識を芽生えさせ、自分より『下』を見下して安心を得るようになる。

そんな中で、三軍である俺が目立ったことで土山は恐怖したんだろう。

自分達より『下』の人間の立場が上昇することもあると認めたら、もう安心して『下』を見下せなくなる。だから仲間に協力を乞《こ》い、自分の安息のために俺をハメて嘲笑《ちょうしょう》して、マウントを取ることを思いついたのだ。

「大体さあ、私みたいにチョーかわいい女があんたみたいなの相手にすると思ったの？」

「まあ、そう言ってやるなよ。普段から女子と遊んでイイ思いしてる俺らと違って女の影もない可哀想な奴なんだよこいつは」

「ま、暗いオタクだからな。一生彼女もできねえ寂しい奴だよ。俺らみたいなイケてる人間とは違――」

「あ、新浜君！　ここにいたんですね！」

不意にほんわかとした明るい声が聞こえ、死ぬほどどうでもいい話で疲労していた俺の脳が瞬時に癒《い》やされていく。艶《つや》やかな髪をなびかせながら俺の側にグイグイと寄ってくる清楚《せいそ》な美少女は、間違いなく紫条院さんだった。

「もう、なかなか待ち合わせ場所にこないから捜しました！」

「あ、ああ、悪かった」

「確かに目的は買い物ですけど、私は楽しみにしてたんですよ！　この前一緒に帰った時に話したライトノベルの新刊の話もいっぱい語りたいですし、新浜君と話す時間は一分一秒でも惜しいんです！」

よほどラノベ語りの熱が溜《た》まっていたのか、珍しく紫条院さんが語気を強める。

そして、そのちょっとプリプリした顔もまた、子犬が怒ったようでとても可愛い。

「え……し、紫条院さん……？　どうして新浜と……？」

「一緒に帰ったって……」

学校一の美少女の突然の乱入に、先ほどまで俺を見下しまくっていた奴らの顔が揃《そろ》って呆然と固まる。

「あれ？　ええと、同じクラスの土山君に……他は別のクラスの人みたいですけど、どうしたんですか？」

「え……あ……いや……」

「その……えっと……」

問われた土山や他の男子生徒は、もごもごと言葉にならない。紫条院さんの美貌《びぼう》がいきなり目の前に現れてまともに喋れないらしい。

「？　何でもないのなら、行くところがあるので私たちは失礼しますね。これから二人で一緒に楽しい時間を過ごす予定なんです！」

「ほ、放課後に二人で一緒に……!?」

「楽しい時間って……え……？」

ド天然の紫条院さんが誤解を招きまくる台詞《せりふ》を連発するが、もちろん俺たちは今から文化祭の買い出しに行くだけであり、紫条院さんが言う『楽しい時間』とは、道中のラノベ語りのことだろう。

だがそのことを知らない土山たちからすれば、これから放課後デートに熱を上げるようにしか聞こえないため、ショックのあまり魂が抜けたような顔のまま硬直していた。

「ま、そういうワケだ。それじゃ俺はもう行くぞ」

もうこいつらと話す意味はないし、こんなにも紫条院さんが楽しみにしてくれているのならグズグズしていられない。

「ありえない……どうしてよ……」

去ろうとする俺の背中に、偽告白をしてきた坂井の声が届く。

「あんた『下』でしょ……どうしてそんな『上』の子と……！」

ムカつきからくる単純な苛立《いらだ》ちではなく、まるで呪いのような声音だった。

「そうだ……何でなんだよ……」

その怨嗟《えんさ》につられるようにして、傍らにいる土山もまた口から呪詛《じゅそ》を吐き出す。

「何で目立とうとするんだ！　何で身の程をわきまえようとしないんだ！　お前みたいなオタクは、俺達みたいなイケてる人間の顔色を窺《うかが》ってビクビクしてりゃいいのに……！」

紫条院さんの登場によってマウント返しされた二人は叫ぶ。胸の奥にわだかまる何かが刺激されてしまったようで、自分達の悲哀を滲《にじ》ませて俺を糾弾する。

そしてその姿を見て……俺はこいつらが何に苦しめられているのか、おおよそ察することができた。

(学校内のランクを気にしすぎて振り回されてるな……大人の目からすれば可哀想だ)

学生時代の上下関係なんて、本当は人生において殆《ほとん》ど意味がない。

けど、学校にいる間はそれが世の中の全てみたいに思い込んでしまうんだよな。

「……そんなに自分の位置をキープするのがストレスなのか？　下を見て優越感に浸らないとやっていけないレベルで」

「「……っ！」」

やはり図星だったのか、坂井が、土山が、その場にいる面々は揃って苦虫を嚙《か》み潰《つぶ》したような表情で黙る。

「上とか下とか……そんなのを気にしすぎるから疲れ果てて苦しむんじゃないのか？　お前らが言う『下』の奴らはシンプルに気の合う友達とだけつるんで結構楽しくやってるぞ」

「「…………」」

土山達はうつむいて何も言い返さなかった。

そして俺もそれ以上は何も言わなかった。

俺たちの言う上下の概念がわからず不思議そうな顔をしている紫条院さんを伴い、俺は足早にその場を離れた。

＊

「その……土山君達は新浜君に何の用だったんですか？」

中庭から校門へ向かう途中、紫条院さんは当然の疑問を投げかけてきた。

「ああ、実はあそこにいた坂井って女子が、俺に付き合ってくれって言ってきたんだ」

「え……」

流石にそれは予想外すぎたのか、紫条院さんの顔から表情が消える。

「と言っても本気じゃなくてイタズラだよ。嘘の告白で舞い上がる俺を見て馬鹿にするっていう趣旨だったみたいだ」

「な……なんですかそれ⁉　そんなの人間としてやってはいけないことです！　冗談じゃすみません！」

普段は大人しい紫条院さんだが、人の悪意に対しては語気を強めて糾弾した。

正しい怒りを胸に、それは絶対にダメな行為だときっぱりと口にする。

「ああ、でも紫条院さんが来てくれたから大人しくなったよ」

「え……どうして私が？」

「それはまあ……真ん中では及びもつかない上の上だからかな」

「？」

やはりスクールカースト制度には疎いようで、紫条院さんは首を傾げる。

「それで、新浜君は大丈夫なんですか？　私なんて誰かに詰め寄られたら怖くて一日は胸が苦しいですけど……」

「ああ、大丈夫。強がりじゃなく本当に平気だよ」

前世の高校時代の俺だったら布団の中で泣いたかもしれないが、今となってはむしろあいつらには悲しさしか感じない。できるなら自分たちの行動を反省して、スクールカーストなんぞを気にせず自由で楽しい青春を送って欲しいとさえ思うのだ。

「さて、それじゃ買い出しに行こうか紫条院さん。早く行かないと帰ってきた時にはもう、教室に誰もいなくなっているかもしれないしな」

「そ、それは困りますね！　急いで行ってきましょう！」

俺が冗談半分に言うと紫条院さんは本気で慌ててしまった。そんな少女の無垢《むく》な様に苦笑しつつ、俺は学校の外へと足を向けた。

＊

「よし……これで全部買えたな。予算内で納まって良かったよ」

紫条院さんと連れ立って歩道を歩きながら、俺は買い漏れがないか胸中で再度チェックした。両手に持った紙袋の中身は業務用スーパーで手に入れた戦利品であり、紙皿、小麦粉、かつおぶしなどの食材・キッチン用品などが大量に入っている。

「ええ、とても安く買えましたね。業務用スーパーって初めて行きましたけど、びっくりするほどボリュームのある商品がいっぱいで楽しかったです！」

俺と同じく紙袋を手に持った紫条院さんは、新鮮な体験に満足そうだった。

「それにしても、何だか買い出しっていいですね！　制服姿で買い物をして学校に帰るなんて、普段は絶対許されていないことなのでとてもワクワクします！」

「めっちゃわかる。なんかこう非日常感あるよな」

「そうそう、そうなんです！」

業務用スーパーに向かう道中では、紫条院さんの希望どおりにラノベ談義に熱を入れていた俺達だったが、店内で食材選びなどをしていると、意識も話題も自然と文化祭へ向いていった。

「しかし心配だった教室の装飾も間に合いそうだな。班長の筆橋さんとか涙目になるほど大変だったみたいで『作るのに死ぬほど苦労したから、一日だけ使った後に壊すのがめっちゃ理不尽に感じてきたよ……』とか言って野呂田《のろだ》に写真撮らせまくってたけど」

「あははっ、言ってましたね！　それにしても……野呂田君は文化祭が今イチ好きじゃないみたいでしたけど、最近はとても熱心に写真を撮ってますね。ちょっと意外です」

「ああ、それは皆《みんな》のリアクションのおかげだよ」

俺は紫条院さんに経緯を説明し始めた。

サボり魔の野呂田に写真係を任せてみたものの、やはり奴は面倒そうに最低限の仕事だけをしていた。なので俺はあいつの撮った写真で出来の良いものを選んで、作成途中のアルバムとして誰でも見ることができるようにしたのだ。

すると、皆は自分達が写った写真を見てひとしきり盛り上がり、活動の記録が残っていくことを喜んだ。こんな構図で撮ってくれたら嬉《うれ》しいな、という要望も出てきた。

そういった『反応』が返ってくるようになると、野呂田のモチベーションは明らかに高まっていき――意識が変わっていった。

自分の役割にやりがいと意義を感じるようになっていったのだ。

「す、凄《すご》いですね……。今回のことで新浜君の人を動かしたり問題を解決する力はたくさん見せてもらいましたけど……やる気の引き出し方まで心得ているなんて……」

「いや、野呂田が本当に何もかも面倒だと思う奴なら、結局何も変わらなかったさ。俺がきっかけくらいは作れたかもだけど、動き出したのはあいつ自身のやる気だよ」

俺自身が長年使われる立場だったので、自分だったらどういう環境であれば働き易いか、何を得られればやる気が出るかを考えただけだ。手法としては特に目新しい事はしていないし、殊更に誇るような事じゃない。

「凄いと言えば、調理班こそ凄いだろ。みんなカリふわの焼き方をマスターしたし、予算内での新メニューも作ったし」

「はいっ！　みんなどんどん上手《うま》くなってくれました！　新メニューのアンコ味も、皆で何個も試作して決めたんですよ！」

調理班の成長がよっぽど嬉しいようで、紫条院さんは満面の笑みを浮かべる。

最初こそ皆への指導はとても緊張していたが、実演がうまくいったことで自信を得たようで、一生懸命に言葉と手を尽くして指導していたのは俺も知っている。

新メニュー開発の要望も多かったのだが、それをとりまとめて試作コンペを開いて、どれを正式に採用するかを決めてくれたのも紫条院さんだった。

「でも……どうして調理班長に立候補したんだ？　紫条院さんはあんまりそういうポジションにつかないようにしていると思ってたんだけど……」

「ええ、その通りです。今までずっとそうでした」

俺の抱いていた疑問に、紫条院さんは静かに答える。

「以前新浜君に話したとおり、私はいつも一部の女子からとても嫌われていました。特に何人もの生徒をまとめる立場になると、どうしても注目を集めてしまって……トラブルも起こりやすくなるんです」

それは概《おおむ》ね予想通りだった。たとえ班長程度のポジションでも、コミュニティの調整役を担えば全員との接点が多くなり、男子は紫条院さんに意識を奪われる。その様を見て、『チョーシ乗ってる！』と言い出す女子が過去にいたという事なのだろう。

「なので私は、そういうグループの中心になる位置は避けてきました。でも……新浜君のおかげで、それじゃいけないとわかったんです」

「は、え？　俺？」

「はい、新浜君が変わった姿を見せて貰《もら》いましたから」

自分の名前を出されて目を丸くする俺に、紫条院さんが柔らかく微笑む。

「新浜君は信じられないくらいに変わりました。でも、あくまで変わったのは喋《しゃべ》り方や行動とかです。別人になったように見えても、根本の性格が変わった訳じゃありません」

俺の隣を歩く少女は、さらに続ける。

「自分のままでも、考え方や行動さえ変えていけば今まで無理だと諦《あきら》めていた事も出来るようになっていく。新浜君を見ていて……それはとても素敵な事だなって思えるようになりました」

暮れていく空に長い黒髪をなびかせて、紫条院さんはなおも言葉を紡ぐ。

「もちろん私は新浜君みたいに急に色んな事を変える事なんてできないですけど、まず自分から動くことから始めようと……そう考えたんです」

「それじゃ調理班長はその第一歩として……?」

「はい。今回の文化祭で自分が一番役に立てそうな場所で頑張ってみたかったんです。私が心配した事も含めて、色んなトラブルは怖いですけど……それでもやってみようと思ってチャレンジしました!」

溌剌《はつらつ》とした表情で笑みを見せる紫条院さんは、俺の瞳《ひとみ》には以前よりさらに魅力的に映った。未来では悲劇的な最期を迎えてしまった彼女だけど、その心は決して弱いお嬢様なんかじゃない。きっかけや経験さえあれば、彼女はさらなる魅力をどんどん身につけて、あらゆる事を兼ね備えた素敵な女性へ成長するだろう。

「あ、でも忘れないでくださいね! 私が班長をやろうと思ったのは今言ったみたいな動機もありますけど——」

これは絶対に覚えていて欲しいとばかりに、紫条院さんは念を押すように言う。

「文化祭のためにすっごく頑張ってくれた新浜君の力になりたいって気持ちも、それ以上に強かったんですからっ!」

「……っ」

ぐいっと顔を覗《のぞ》き込まれて告げられた言葉に、俺の胸が跳ねる。

可憐《かれん》としか言いようがない少女と俺の瞳が通い合う。

意識が占領されて呼吸が止まりそうな状態の中で、俺の頬はまたしても朱に染まる。

「……紫条院さん」

「はいっ！」

胸に甘い疼《うず》きを覚えながら言う俺の心を知らない様子で、紫条院さんは元気良く答えた。

その純粋さこそが、いつも俺の目を惹《ひ》き付ける。

「俺は……」

自分の口が己の意思に反して無意識に動く。何かを言いかけようとして……しかし自分でも何を言いたかったのかがわからず、ただ自分の胸の内のみを告げる。

「その……俺なんかの力になりたいって言ってくれて、凄く嬉しい。文化祭まであとちょっとだけど、最後まで一緒に頑張ろう……！」

「もちろんです！　新浜君こそ頼りにしていますよ！」

俺は自らの揺れる胸の内を誤魔化《ごまか》すように声に力を込めて言い、紫条院さんは紅蓮《ぐれん》に染まった夕日を背にして大きく頷《うなず》き、満面の笑みで応えてくれた。

そうして、文化祭前の最後の買い出しも無事に終わり——開催日はすぐにやってきた。

八章 文化祭を、君と

文化祭当日。

外部参加もＯＫなだけあり、校内は大勢の人で混み合っていた。

学校の生徒も外来のお客もチョコバナナやフランクフルトを片手に次はどこに行こうかと楽しそうに話しながら歩き、そこかしこで出し物の呼び込みをやっている声が響く。

学校全体が雑多な喧噪《けんそう》に包まれており、まさに祭りという雰囲気だ。

「それにしても……本当に立派になったなウチの出し物……」

ふと廊下から我がクラスを眺めると、まず目につくのが看板だ。

二メートル近くあるその木材は何個もの木材片を木工用ステープラーで合体させたものだが、一目ではそうとわからないようニス塗りやヤスリがけが工夫されている。

そしてその上に躍るのは――『和風蛸焼《たこやき》喫茶おくとぱす』という堂々たる筆文字。

なんかメチャクチャ達筆だった。

「店名がいくらなんでも安直すぎないかこれ……」

「あーそれ？　店名を話し合う前に赤崎《あかさき》君が勝手に決めて勝手に作ったらしいよ」

俺の呟《つぶや》きに応えたのは、いつも元気で笑顔が絶えない活発少女の筆橋《ふではし》だった。

以前はさほど話す仲じゃなかったけど、ノート貸しや文化祭での打ち合わせを通して多少は気安くなった奴の一人で、元気で裏表のない明るさは男子からの人気も納得できる。

「赤崎君だけじゃなくてみんな凄く頑張ったよねー。おかげでかなり盛況だし私も感無量って感じ！」

「ああ、確かにみんなよくやったよな……」

俺の最初の計画ではそこまで店のセットに労力はかけないつもりだったのだが、いざ出し物が決まるとクラスメイトたちはノリ良く突っ走り、どこに出しても恥ずかしくない江戸時代茶屋風模擬店を高クオリティに仕上げた。

入り口には立派な看板だけでなく瓦《かわら》を模した軒先とのれん、そして床に敷かれた赤い毛《もう》氈《せん》が客を迎える。内部の壁には木目・漆喰《しっくい》調の簡易壁紙を貼り、すだれ、ぼんぼり、紙風船、折り鶴などの小物もセンス良く配置されている。

「しかし凄く盛況だな……満員御礼だ」

法被《はっぴ》とねじりはちまきを身につけた調理班が忙しくタコ焼きを作り、浴衣《ゆかた》を着た女子たちと着流しを着た男子たちが忙《せわ》しなく給仕をしているが、客がどんどん入ってきて息つく暇もないようだ。

「うん、新浜《にいはま》君の読み通り他のクラスと商品が被ってないし、超ハズレロシアンタコ焼きも凄く売れてるみたい。ああいうゲーム的なものって、お祭りだとやっぱりウケるよね」

「しかしそれにしたって多過ぎのような……？　まあいいことなんだけど」

「そうそう、いいことだって！　あ、それと業務連絡その一なんだけど、塚本《つかもと》君、彼女さんが転んで膝《ひざ》をすりむいたとかで保健室にすっ飛んで行ったから、山平《やまひら》君にシフト入ってもらってるよー」

「了解っと。まあそれくらいならすぐに戻ってくるだろうし、あいつの文化祭デートにも影響ないだろう」

塚本は準備段階からそこを気にしてたからな。大人の思考としては貴重な青春時代に美しい思い出を残して欲しい。

「文化祭デート羨《うらや》ましいよねぇ。一握りの高校生しか味わえないレアイベントだよ」

「いいよなあ……まさに青春が爆発してる感じだ」

漫画やアニメでは定番だが、意中の女の子とキャッキャウフフしながら文化祭を回るなんてリアルではまさに見果てぬ夢だ。

「あ、それと業務連絡その二ね！　風見原《かざみはら》さんが新浜君に今からシフト外の仕事をお願いしたいんだって」

「は……シフト外の仕事……？　なんのことだ？」

「私も『何それ？』って聞き返したんだけど、『まあ、一言で言うならお礼です』とかよくわからないことを言ってて……とにかく玄関ホールに行けばもう一人お願いしているクラスメイトがいるからそこで話を聞いて欲しいみたい」

「全然聞いてないけど……まあ、そういうことなら行ってくるよ」

「うん、なんか新浜君にとって最重要なミッションとか言ってたよ？」

ますます訳がわからないが、とにかくそのもう一人のクラスメイトとやらをいつまでも待たせているわけにもいかず、俺は筆橋に別れを告げて一階へ向かった。

しかし……何なんだ一体……？

＊

「あ！　新浜君！　こっちですこっち！」

「え？　紫条院《しじょういん》さ――」

聞き慣れた声に反応しかけた俺は、言葉を失った。

なぜなら玄関ホールに着いた俺を出迎えてくれたのは、和装の天使だったからだ。

（浴衣……紫条院さんの浴衣姿……！）

俺は意識が飛びそうになる衝撃をこらえ、その艶姿《あですがた》に魅入った。

桜柄のピンク地の浴衣は少女らしい華やかさを彩っており、紺青に白い桜の模様が散る夜桜イメージの帯が素晴らしいアクセントになっている。

長い黒髪を結い上げてバックでお団子にしており、いつも隠れている真っ白なうなじがあまりにも眩《まぶ》しい。髪に挿してあるガラスビーズで藤の花を模したかんざしも、やや大人な雰囲気でとても艶《つや》っぽい。

（綺麗《きれい》だ……綺麗すぎる……）

小野小町《おののこまち》もかくやという和風美人ぶりに、何もかもが魅了される。

激烈な感動が胸を満たし、涙すら溢《あふ》れそうだ。

「ふふっ、文化祭で浴衣を着ることをお母様に話したら、『ならこれを着て行ったらどう～？』ってウチにあったものを貸してくれたんですけど……どうですか？」

「ああ、綺麗だ……」

「え……」

「すごく似合ってて、綺麗すぎる…………はっ⁉」

魅了されてピンク色になった脳が心の声をそのまま口から出力していることに気付き、俺は青ざめた。

し、しまった……つい可愛すぎて頭がバカに……！

「あの、その……あ、ありがとうございます……」

公衆の面前で俺にキザな台詞《せりふ》を言われたのが恥ずかしかったのか、紫条院さんは着ているピンクの浴衣よりも頬を紅潮させた。

ごめん紫条院さん……そんな赤くなった顔も可愛いとか考えている自分がいる……。

「え、ええと！　俺は風見原さんからクラスの仕事って言われて来たんだけど、紫条院さんもそうなのか？」

「は、はい！　そうなんです！　二人でこれを一本ずつ持って歩いてタコ焼き喫茶の宣伝をしてきて欲しいって！」

照れ隠しを兼ねて尋ねた俺に紫条院さんが見せてくれたのは、さっきから紫条院さんが持っていたプラカードだった。『二年C組和風タコ焼き喫茶！　味は五種類！　テイクアウト可！』というシンプルな宣伝が書いてある。

（なるほど……あのすごい客の数は紫条院さんがこの玄関ホールでプラカードを掲げて宣

伝していたからか……）

さっきから艶《あで》やかすぎる紫条院さんに集まる視線の数が、男性・女性問わずもの凄《すご》い。

美人、赤ちゃん、動物の起用はコマーシャルの基本だが、ここまでの美貌《びぼう》だとその効果もやはり凄《すさ》まじいことになるんだな……。

「ん？　二人で宣伝……？」

「はい！　二人でプラカードを持って校内のあちこちを歩いてくる仕事です！　出し物をやっている教室とかにも積極的に入ってアピールして欲しいって言われました！」

………あれ？

俺と紫条院さんが二人で色んな出し物を見ながら、文化祭を歩き回る……？

え、いや、それじゃまるで……！

「あ、それと風見原さんからこれを新浜君にって」

「え……？」

紫条院さんが手渡してきたのは折り畳まれた手紙だった。

俺は動揺して乱れる心を抱えたまま、それを受け取って広げる。

『紫条院さんとは合流できましたか？　はい、お察しのとおり文化祭デートです。私の無能さのせいでゴミみたいな結果になるはずだったクラスの出し物を救ってもらったささやかなお礼です。宣伝なんてそっちのけで楽しんでください』

ちょ、おまええええええええ!? ど、どどど、どういうことだ!?

『最近仲が良いなとは思ってましたが、二人で勉強会までやってるのを目撃してびっくりしましたよ。どんな関係まで達しているかわかりませんが、あんなに親密な雰囲気を出してるのならデートにぶっこんでも良《い》いだろうと判断しました。ちなみに先日の買い出しに理由をつけて紫条院さんを同行させたのもそういうお節介です』

な……俺と紫条院さんの勉強会が見られていたのか!?

しかも、あの買い出しもそういう事だったのかよ!?

『そういうわけで仕事という口実をプレゼントしますので、ゆっくりしてきてください。ふふっ、私って実行委員としてはアレでしたがキューピッドとしては有能すぎません？』

手紙はそこで終わっていた。

（ああもう、何がキューピッドだよ……俺達はそんな関係じゃないのに……）

言いたい事はいくつもある。……とはいえ、その、なんだ。

（正直に言えば、嬉しすぎる……！）

降って湧いたこの夢のような話に、俺の全身がにわかに熱くなって心が躍る。

普段とは違う装いの紫条院さんと並んで文化祭を歩ける。このお祭りの喧噪を二人で楽しむ事ができる。そう思っただけで、胸の奥が歓喜で満たされる。

そして——ふと、抱いた想いが以前とは違う熱を帯びているのに気付く。また、喜びと同時に、自分の心臓の高鳴りもまたドキドキと大きくなっているのがわかった。

そんな自分の心中を一瞬不思議に思ったが、心に溢れていく華やかな気持ちでその思考は霧散し、俺はただ無邪気に幸せな表情を浮かべた。

風見原……お前ってば『自分より仕事できる人がいると矢面に立ってもらえて実にありがたいですね。おかげで私は秘書的なポジションでいられます』とか笑顔で言って、アドバイザーの俺にクラスの指揮を丸投げしていたけど……全部許した！

「あの、風見原さんからの手紙は何て書いてあったんですか？　アドバイザーの新浜君しか読んじゃダメって言われたので中身は見てなくて……」

「あ、ああ！　一人でも多くの客をウチに誘導するために、クラスの代表としてプラカード持って他の出し物に突撃してこいって！　でも妨害と思われないようにあくまで客として行くのは忘れずにってさ！」

「なるほど、それは重要な仕事ですね！　私もしっかり頑張ります！」

純真無垢《むく》な紫条院さんが、俺の言葉をすぐに信じてテンションを上げる。

うーん、このピュアさよ。

「それじゃあさっそく行きましょう！　私、どうせなら色んな出し物に行って楽しんでみたいです！　あ、焼きソバは絶対食べますよ！」

浴衣姿の美しい少女がお祭りのワクワクに花咲くような笑みを浮かべ、俺は周囲の喧噪《けんそう》が聞こえなくなるほどに魅入ってしまう。

「ああ、そうだな……せっかくだから楽しもう」

そうして、俺たちは連れ立って歩き出した。

プラカードを免罪符にして、ただ純粋にこの文化祭を楽しむために。

ああ、この一日は——前世と違って忘れられない日になりそうだ。

＊

一年C組の出し物『鬼退治ボール投げ』。

参加者は野球ボール大の球を五個手渡され、それを鬼の仮装をした的役の生徒に投げて当てるという典型的な的当て系ゲームである。

ちなみに幼児用ボールなので当たっても全く痛くない。

そして——他にない要素として、この鬼たちは普通にボールを回避するのだ。

「くそっ！　当たれえええええええっ！」

紫条院さんに良いところをみせようと、早朝ランニングで鍛えた肉体でボールを投げてみるが、鬼のお面と腰巻き＋赤色の全身タイツで仮装している男子生徒は最小限の動きでひょいっとよけてしまう。

「はい、そこのプラカード持って入ってきた先輩！　五球全部ミスで失敗です！」

「くそ、異様に難しい……！　客に賞品渡す気ないだろ⁉」

アナウンス役の女子生徒に失敗を告げられ、俺はつい文句を漏らしてしまう。

鬼たちは一メートルほどの円から出てはいけないというルールがあるのに、微妙な身のよじりやダンスみたいな動きでことごとくボールをかわしてくる。どこの達人だよ。

「じゃあじゃあ、次は私がやります！　新浜君の仇《かたき》は取りますから見ていてくださいね！」

「お、おお、凄いやる気だな紫条院さん」

浴衣姿があまりにも艶やかな少女――紫条院さんは普段よりさらに色香が増しているにもかかわらず、小学生男子のようなテンションで宣言する。

受付からボールを受け取ると、むっふー！と意気込みよくボールを構え、投げる。

（あ……ダメだこれ。ボールが鬼の頭のかなり上を通過する……ん？）

ワンミスを察した俺だったが、そこで何故か鬼役がグッと腰を落とす。そして足のバネを全開にして垂直にジャンプし──紫条院さんのボールが顔面にヒットする。

「あ、当たり！　浴衣《ゆかた》の先輩一投目当たりです！　って今の何⁉　なんか自分から当たりにいかなかった⁉」

アナウンス役が困惑し、周囲からも注目を浴びた鬼役は鬼のお面の下で沈黙し……やがて腕を組んでぷいっと顔を逸《そ》らす。

（こ、この鬼役！　俺の時は『意地でも当たってやるか！』みたいな勢いだったくせに、美少女の紫条院さんが相手だから自分で当たりにいきやがったな⁉）

しかしまあ……気持ちはわかる。

こんな桜の精霊かと思うような浴衣美人の紫条院さんが楽しそうにボールを投げてきたら、俺だって回避するという職務を全うできる自信がない。

「わぁ、見てください新浜君！　私が投げたボールが全部当たります……！　私って天才だったのかもしれません！」

紫条院さんがウキウキで投げるボールは、ことごとくあらぬ方向へ飛んでいる。

だが鬼役はまるでゴールキーパーのように、手を伸ばし、頭を突き出し、時にはハイジャンプして己が身にボールを当ててくる。……お前サッカー部入れれば？

「ゆ、浴衣の先輩五投全部命中……って、相手が美人だからっていい加減にしなさいバカ男子ぃ！　こんな早い段階で賞品取られてるんじゃないわよぉぉぉ！」

そうして、キレたアナウンス役の女子が乱入して、鬼役の首根っこを捕まえて揺さぶり始めたので、その場は騒然となった。

＊

「ふふふっ！　すっごい楽しかったです！　お祭りのゲームって輪投げでも射的でも本当にワクワクしますよね！」

浮かれまくった様子の紫条院さんが実に楽しそうに言う。

宣伝という口実で各クラスを回り始めてからずっとこんな調子だ。

（ここまで童心に返ったような顔はなかなか見られないから新鮮だな……なんだかテンション上がった子犬みたいで普段とは違った可愛さがある）

『水の遊びワールド』では水ヨーヨー釣りに熱中していたし、『クイズ大会』でも積極的に早押しして一生懸命答えていた。

『段ボール製二メートル像展』では初代ガ●ダム像を見て「見てください新浜君！　こ、これアーバレ●トです！」と有名なＳＦミリタリーアクションラノベに出てくるロボットと間違え、制作チームから「あれも超名作だけど違うっ！」とツッコミを貰《もら》ったりもした。

しかし、こうして移動している間は必ずプラカードを掲げて宣伝を怠らない真面目さは実に紫条院さんらしい。

そして、俺も少なからず浮かれていた。

何せ、文化祭を紫条院さんと歩いているだけでも夢のようなのに、憧《あこが》れの少女は俺と一緒に遊び回ってこの上なく楽しそうにハイテンションなのだ。

お祭りの活気に満ちた雰囲気と相まって、気分が高揚しないはずがない。

「あっ新浜君！　次あれに行きましょう！　準備で見かけるたびに気になってたんです！」

そして、各クラスの出し物を制覇する勢いの紫条院さんが次に指さした先には、『完全手作りプラネタリウム』という看板があった。

＊

「……その……思ったより狭いですね……」

「あ、ああ……まあ手作りのドームだしな……」

受付の男子生徒に「うん？　二人か？　今体育館でライブやってるからガラガラだし、

貸し切りでいいよ」と言われ、俺たちは教室内に作製された半球状のプラネタリウムドーム の中に案内された。

しかし中は椅子が円状に設置してあるものの男子が完全に立てるほどの高さがなく、俺と紫条院さんは真っ暗なテントで二人っきりでいるのと大差ない状態だった。

うわ……今ちょっと肩が触れた……！

それに女の子のもの凄《すご》く良い匂いが……っ。

そんな精神衛生上よろしくない状態の中、外から「それじゃ始めまーす！」という生徒の声が響き――

暗闇が、一気に幻想的な星空へと変貌《へんぼう》した。

「わぁ……！」

「うぉ……凄いな……！」

どうやら投光器も手作りのようだが、相当工夫したのかドーム内に投影される星空は強い輪郭で輝いている。

よく見るとドーム自体も投影された映像を滑らかに映すために極めて綺麗《きれい》な曲線で構成されており、よほど計算したのがうかがえる。

「すごい……すごい綺麗です……手作りでここまで出来るんですね……！」

紫条院さんが感嘆の声を上げるが、俺も同じ気持ちだった。

もちろん博物館などで行うプラネタリウムには敵《かな》わないが、高校生が低予算で作り上げたとは思えないほどに、満天の星は確かに輝いて、非日常的な光景を作り出している。

「綺麗だな……まるで若さの光だ……」

ついそんな、おっさんくさい言葉が口から漏れた。

このクラスの生徒たちはこのクオリティを得るために相当努力しただろう。

そうした、大人になると発揮できなくなる高校生ならではのバイタリティをまざまざと見せつけられて、少々眩《まぶ》しい。

この見事な星の光一つ一つが、若さという反則的なエネルギーの輝きに見える。

「もう、何を言ってるんですか新浜君！」

星空の輝きに興奮しているせいか、紫条院さんはすぐ隣にいる俺へさらに身体を近づけて言う。

「たまにそうやっておじさんみたいな言い方をしますけど……新浜君も私もまだ高校生なんです。これから何にだってなれますし、どこにだって行けるんですよ？」

「それは……そうなのかな……」

本当にそうなんだろうか。

知識と経験は前世そのままで肉体と心の若さだけが高校生となった俺は、今世において今のところある程度うまくやれていると思う。

けど、たまに不安になる。

俺がもう一度進む未来は……本当に変えることができるんだろうか？

「……そんな顔をしないでください」

気付けば、紫条院さんの顔が俺の瞳《ひとみ》を覗《のぞ》き込むように近づいていた。

「手を伸ばせば未来は変わることを、実際に見せてくれたのは新浜君じゃないですか」

「え、俺が……？」

「私たちのクラスの出し物は……あの迷走していた会議のままだときっと良いものにならないで、クラスのみんなも今みたいに頑張ろうって気持ちは生まれなかったと思います。けど……そんな流れを新浜君が変えてくれました」

息がかかってしまいそうな距離で、紫条院さんは続けた。

「私は本当に感動したんです。流れがどうなるのかをただ見ているだけじゃなくて、新浜君は無理矢理《むりやり》にでも流れを変えることに挑戦して成功させた。大げさかもしれませんけど……頑張って未来を変える実例を見せてくれたんです」

「俺が、未来を変えた……」

「そうです！　そんな未来を変えるほどのパワーがあるのが新浜君なんです！　だから……何を不安に思っているのかわかりませんけど元気出してください！　私でよければいつだって力になりますから！」

「紫条院さん……」

不思議だった。

ただ一人の少女から言葉を受け取っただけで、さっきまで抱いていた不安が溶けるように消えていく。

「それに……未来が変わったのは、ウチのクラスの出し物だけじゃないのも忘れないでくださいね」

「え……？」

「私は今、とっても楽しいです。けど自分のクラスが団結も熱意もない状態だったら、私はこんなに浮き立った気持ちで文化祭を迎えることはできませんでした。だから……改めてお礼を言わせてください」

お互いの視線がごく近くで絡み合う中、紫条院さんはそっと言葉を紡ぐ。

「ありがとう新浜君——私にこんなにも楽しい文化祭をくれて」

言って、ピンク色の浴衣を着た少女は人工の星空の下で花咲くように微笑んだ。

「――――――」

俺はその姿から目が離せなかった。

意識を占有される、心の全てが少女の方を向いている。

何かが、俺の中で音を立てて崩れていく。元々限界だった一線が破られる。

憧憬《しょうけい》なんて枠を越えて、俺の奥底に鮮烈な春風が吹き抜けた。

綺麗で、綺麗で、綺麗で――月に魅入られたかのように、俺はただ紫条院さんを見つめ続ける。

天に描かれるどの星座よりも眩《まばゆ》い、俺にとっての一番星の輝きだった。

＊

プラネタリウムを楽しんだ俺たちはちょうど昼時だったこともあり、校舎の中庭に設置されている休憩所でテイクアウトした焼きソバを堪能《たんのう》していた。

「んーっ！　この焼きソバ美味《おい》しいです！　カレースパイスが良《い》い感じで！」

「ああ、確かに美味《うま》い……よく工夫してるな」

粉のスパイスミックスが絶妙な調合具合で、それがゴロゴロ入っているベーコンのガッツリした旨味《うまみ》と相性良くとても美味い。さっきのプラネタリウムもそうだが、こういう出し物に対する工夫を見ると高校生の熱意を感じてなんだか嬉《うれ》しくなる。

「そう言えば焼きソバは絶対食べるって言ってたけど、紫条院さんの好物なのか？」

「ええ、私とお父様はこういうのが好きなんです。逆にお祖父《じい》様は大っ嫌いで、『春華《はるか》にそんなジャンクなもの食べさせるな！』ってよくお父様に言っていました」

お祖父様というのは……もしや紫条院家の当主に当たる人なのだろうか？

「でもお父様はお父様で『やかましい！　庶民の味を知らないジジイはフォアグラでも食って血管詰まらせてろ！』なんて言って喧嘩《けんか》してましたけどね」

「うわぁ、めっちゃ言い返してる」

紫条院さんのお父さん……紫条院時宗《ときむね》氏か。

庶民出身だけど自分の書店会社を急成長させて名家である紫条院家に婿入りした立身出世の人で、その名前は多くの人が知っている。

なにせ養子に入るやいなや、紫条院家一族が保有するいくつもの会社の経営アドバイザーを請け負い、そのいずれも立て直しているのだ。

これによって当時経済的に傾いていた紫条院家は権勢を取り戻したらしく、メディアでもスーパー社長としてよく取り上げられている。

（婿入り先の名家で義理の父親と喧嘩できるあたり、流石は豪腕社長だなぁ。俺みたいな元底辺サラリーマンにはどんな人なのか想像つかないけど……紫条院さんの成績悪化に怒ってペナルティを科そうとするあたり、やっぱ厳格な人なのかな）

とは言え、父親の事を語る時、紫条院さんに思い悩んだり怖がったりしている様子はない。その点は心からホッとする。

「特にお祭りで食べる焼きソバは好きなんです！」

名家のお嬢様は、庶民の味を堪能して笑みを浮かべる。

「家でどれだけ美味しい焼きソバを作っても、このザワザワしたお祭りの雰囲気の中で食べる焼きソバには敵いません！　一人で食べたら逆に寂しくなっちゃいますけど、こうして新浜君が一緒に食べてくれていますしね！」

ああ、確かに食べ物の味は気持ちによって変化するよな。

俺も死に別れたはずの母さんの手料理を今世で初めて食べた時、世の中にこんなに美味しいものはないと思ったものだ。

ちなみにメシを食いながらボロボロ泣いてしまったので、当の母さんからはかなり困惑した目で見られてしまったが。

「しかし紫条院さんは本当にお祭り好きなんだな。出し物を回っている間ずっとハイテンションだったもんな」

「えっ？　ハイテンション……？」

ん……？　なんだその反応は？

今の会話の流れで、なんで首を傾げて黙り込むんだ？

「…………あぁっ！　確かに冷静に考えてみると、今日の私って凄く浮かれてました！」

「気付いてなかったのかっ⁉」

ドッグランにやって来たハスキー犬のようにテンション全開だったのに⁉

「でも、あれ……どうしてでしょう？　文化祭が楽しいのはもちろんですけど、今朝学校に来た時は雰囲気を好ましく感じている程度でした。けれどいつからか、心が弾《はじ》けるように気分が高揚していて……？」

そして紫条院さんは「んー……？」としばし考えこみ――

「…………あ、わかりました！　私、新浜君と一緒に文化祭を回れているのが、自分が想像していた以上に嬉しいみたいです！」

「ぶふぉ……っ⁉」

無垢《むく》な少女は突如、とてつもない破壊力の言葉をぶっ込んできた。

「考えてみれば、友達とお祭りを回るなんて初めてですしね！　恥ずかしながらニコニコが止まらなくなっています！」

「え……初めて？　そ、そうなのか？」

とても上機嫌に語る紫条院さんだが、その内容は俺にとって驚きだった。

そう言えば……紫条院さんってハブられてるって訳じゃないけど、特別に仲が良い友達とか見たことないような……？

「それに、新浜君を独占できているからなおさらに嬉しいですね。新浜君は最近クラスのことでかかりっきりだったので、ちょっと寂しかったですし」

「がはっ……！」

さらなる爆弾発言を叩《たた》きつけられて、俺の意識は再度吹き飛ばされる。

ちょ、ちょっと待ってくれ！

そんな澄み切ったピュアな調子で、このまま殺人的な台詞《せりふ》を連発されたら……！

「新浜君がクラスのみんなに認められていくのは、何故かとても気分が良かったのですけど……忙しすぎて勉強会の回数もお話しする機会も減っていました。買い出しの時はある程度喋《しゃべ》れましたけど、お互いの仕事の話も多かったですしね」

自分の言葉に一切の照れを感じていない様子で、屈託なく紫条院さんは言う。

「だから今日は新浜君とお祭りを一緒に歩いて、いっぱいお喋りできて、とっても心が喜んでいるんだと思います！」

　輝く太陽のような笑顔で、紫条院さんは言い切った。

　そして俺はと言うと、まるで絨毯《じゅうたん》爆撃を喰《く》らったかのように童貞マインドが粉々に砕かれていた。オーバーキルすぎて呼吸すら上手《うま》くできない。

「……ふー……ふー……！」

「あれ……どうしたんですか新浜君？　私何か変なことを言ったでしょうか？」

　言ったよっ！　言いまくったよっ！

　その台詞に一切の羞恥《しゅうち》を感じないなんて、天然にもほどがあるだろ⁉

（ああもう、やっぱり敵《かな》わないな……）

　プラネタリウムでは静謐《せいひつ》かつ優しい言葉で俺を元気づけてくれたと思ったら、間をおかずに今度は天然ぽややんなスタイルで無自覚の核爆弾を投げてくる。

　もう一生勝てる気がしない……。

　けれど……面と向かってここまで言ってもらったのだ。

　頭はまだクラクラしているけど、俺も俺なりの言葉を返さないといけない。

「俺も――」

「え？」

「俺も心が喜んでいたよ」

純真な目でこちらを見ている紫条院さんに、俺は心の内を吐露する。

「正直に言うとさ、俺にとって文化祭はただ過ぎ去るだけのイベントだったんだ。やる気をもって何かを作り上げることも、全力で楽しむこともしてこなかった」

自分には、そういう眩《まぶ》しい青春は無縁だと思い込んでいたから。

「けど俺が文化祭にガッツリ関わる機会を紫条院さんがくれたから、今までとは比べものにならないほど祭りの景色が輝いて見えた。そして、そんな中を紫条院さんと一緒に回れて……ずっとテンションが上がりっぱなしだった。浮かれていたのは俺もなんだ」

だってそうだろう。

女の子と文化祭を一緒に回るなんていう、フィクションでしかありえない奇跡のひとときを、死ぬ直前でも思い出すほどに憧《あこが》れていた紫条院さんと過ごせたのだ。俺の心がどれだけ歓喜していたか、とても言葉では言い表せない。

「だから……ありがとう。紫条院さんと一緒の文化祭は、とんでもなく楽しかった」

「新浜君……」

隠すことなく語った俺の心の内を聞き、紫条院さんはそっと自分の胸に手を当てた。

「……不思議です。新浜君にそう言ってもらえると、さっきよりもさらに心が喜んでいます。今日は本当に……嬉しいことばかりです」

「ああ、嬉しいことばかりだな」

言って、俺たちはどちらからともなくクスリと笑った。

周囲から絶え間なく響く喧噪《けんそう》が、否応《いやおう》なく気分を高揚させる。

ハレの日の非日常が、俺の心を素直にしてくれているのに気付く。

つまるところ、俺は自分の想像以上に浮かれていたのだ。

遠くにある体育館から、ブラスバンドか何かの演奏が聞こえてくる。

プラカードを持った生徒が、出し物の呼び込みに声を張り上げる。

タコ焼きやクレープを片手に、誰もが笑顔でおしゃべりに興じている。

その空気に身を浸すように――俺たちは何が面白いのかお互いに笑い合い、『嬉しい』という気持ちを共有しあった。

＊

「時間が過ぎ去るのは速いな……もうすぐ俺のシフトの時間だ」

休憩所でまったりと焼きソバを食べ終えた俺たちは、時計の針が思ったよりも進んでいることに気付き、自分たちのクラスへと足を向けていた。

「はい、私もです。ちょっと名残惜しいですけどこれで宣伝のお仕事は終わりですね」

あ、そうか……半ば忘れていたけど、俺たちが一緒に校内を歩き回っていたのはあくまでクラスの出し物の宣伝という口実だったな。

「さて、それじゃ俺も衣装を受け取って――」

「見つけたあああああああ！　新浜君いたあああああ！」

会話の最中、突如切羽詰まった声が廊下に響き渡った。

「えっ⁉　な、なんだ⁉」

「筆橋さん……？」

声のした方へ振り返ると、そこにはクラスメイトの元気少女・筆橋がいた。

何故か涙目になっており、平静さの欠片もなく慌てふためいている。

「クラスが……クラスの出し物が……っ！」

（ちょ、おいその表情はまさか……）

筆橋の顔を見た瞬間、俺は猛烈に嫌な予感がした。

何故ならその表情は、前世でド修羅場の最中に、新人が全員脱走した現場で取り乱した主任が浮かべていたものにそっくりだったからだ。

「クラスの出し物がピンチなの！　お願いだから助けてえええええええ！」

そして——その筆橋の涙声を聞き、俺はこの文化祭における最後の仕事が課されたことを理解した。

九章　修羅な現場こそ社畜の華よ

「もの凄《すご》く待っていました新浜《にいはま》君。マジ緊急事態です」

クラスの出し物がピンチ――そんな筆橋《ふではし》のSOSを受けてすぐに教室へ向かった俺たちを、文化祭実行委員のメガネ少女・風見原《かざみはら》が迎えてくれた。

「風見原さん、一体何があったんだ？　筆橋さんはかなりパニクっていてまだ事態を把握できてないんだけど……」

「一言で言えば現場崩壊の危機です」

「んな……っ⁉」

クール顔で開口一番に告げられたのは、前世のトラウマとなる言葉だった。

その言葉の定義は色々あるが、一般的にタスク（課せられた仕事）と処理力のバランスが崩れ、業務が崩壊する最悪の状態を指す。

「まず第一の要因はお客の増加です。『可愛い子が宣伝してたから』と言ってやってくる男性客が殺到しています。正直、美人のコマーシャル効果を舐《な》めていました」

なるほど……紫条院《しじょういん》さんがプラカードを持って歩いたことで、予想以上の男性客が集まってきたのか。けど、そういうことも対応できる人数でシフトを組んだはずじゃ……？

「第二の要因は……シフトメンバーの欠員です。もうすぐ本日最後のシフト時間なんですが、七人中三人のメンバーが使い物になりません」

「え、ええ!? どうしてそんなことになっているんですか!?」

紫条院さんが面食らった様子で言い、風見原が沈痛な顔を見せた。

「それが……失敗して生焼けになったタコ焼きがあったのですが、そのシフトメンバー三人を含む男子たちの一部がふざけて食べてしまって……全員仲良くお腹を壊してトイレの住民になってしまったんです」

「アホかあああぁぁぁぁぁぁっ!?」

生の小麦粉なんて食べたら腹を壊すのは当たり前だろう!?

あぁくそ、プラネタリウムでは高校生のパワーを眩しく思ったけど、そういう馬鹿なことをあっさりやってしまうのもまた高校生という生き物なんだって思い出した……！

「つまり、今のシフトメンバーの業務があと五分ほどで終了すると、交代でシフトに入る人員が新浜君、紫条院さん、筆橋さん、そして私の四人しかいないということです」

現実を認識した俺達は、冷や汗をかきながら揃《そろ》って教室に目を向けた。

並程度の客入りなら四人でもそこまで問題はなかったかもしれないが、宣伝効果の効き過ぎにより大量の客が押し寄せる現状ではどう考えてもマズい。

食券販売、オーダー管理、調理、盛り付け、ドリンク注ぎ、配膳《はいぜん》、テイクアウトの梱包《こんぽう》と、多岐に渡る業務を処理するにはあまりにも人員が少ないのだ。

「その、風見原さん。今入っているシフトメンバーに延長をお願いしたり、他のフリーになっている人達を呼び寄せたりとかはできないんですか？」

「そこが難しいところなんですけど……携帯番号がわかっているクラスメイトは、全員部活動の出し物やら恋人とのデートやらの予定があるようなんです。今シフトに入っているメンバーも全員部活や生徒会の仕事ありで……。ちなみにお二人とも連絡がついて予定がないクラスメイトに誰か心当たりは……？」

風見原の問いに俺と紫条院さんは揃って首を横に振る。

俺が呼べそうなのは銀次《ぎんじ》だけだが……あいつも確かこの時間はパソコン部の出し物に行ってるはずだ。近くに暇そうにしているウチのクラスの生徒は見当たらず、担任の先生も顧問をしている部活の出し物に行っているのかここにはいない。

「ちょっと期待していましたが、やっぱりお二人も当てがありませんか……」

各人のスケジュール管理を担当していた風見原は、気落ちしてため息をつく。

まあ文化祭なんていうイベントで、何の予定もなく暇する奴の方が少ないか。

(この時代ってスマホもグループチャットもないからなぁ……ある程度親しい友達同士しか連絡先を知らないんだよな)

「選択肢は二つです。それぞれの予定を無視して、連絡がつくクラスメイトに救援を要請するか……それとも四人で何とか現場を回すかです。後者だとおそらくお客への提供スピードはかなり落ちるでしょうけど」

「それは……」

正直、かなり悩ましい選択だった。

(呼び出しか……楽しい時間を過ごしているみんなへの呼び出し……)

ふと思い出すのは前世における貴重な休暇の日のことだった。

溜《た》まったアニメを消化しよう、積みゲーを開封しよう、何か美味《おい》しいものを食べに行くのもいいか——そんな淡い高揚感を無残に打ち砕く会社からの出勤要請コールは、未《いま》だに心の傷となっている。

(みんなだってそれぞれの文化祭があるんだ。例えばさっき紫条院さんと一緒にいた時間にもし無慈悲な呼び出し電話があったら……そんな貴重な青春タイムを台無しにするよう

な真似はしたくない）

　そして同時に、皆で頑張ったタコ焼き喫茶なのに、サービス速度の低下によってお客から不満が噴き出るという嫌な思い出で締めくくりたくもない。

「俺は……誰も呼び出したくない。けど暇してるクラスメイトを探しに行く時間もない。だから、四人でできる限りやってみようと思う」

「え、ええ!?　そんなの無理だよ新浜君！　このお客さんの数で三人も抜けてるのはキッすぎだってー！」

　筆橋の訴えは真っ当なものだ。

　偉い立場にいる人間は往々にして根性論や効率化をやたらと神聖視し、少ない人員で仕事をやらせたがる。だが、どんな業務でも人が揃っていなければ現場は回らない。

「わかってる。でも、これは何を犠牲にするかの選択の問題なんだ。メンバーが三人も欠けてしまったこの状態だと、風見原が言ったように何人かを助っ人《と》に呼んでそいつらの予定をダメにするか、サービスの低下を覚悟で四人でやるかどっちかしかない」

　さらに言えば、助っ人を求めてもその候補全員に予定があるので、どうしても手伝えないと言われる可能性が高い。そして、そこをなんとかして欲しいと交渉する時間もない。

「でも四人でやる方向なら、クラスの誰も不幸にせずに俺達の頑張り次第でお客の不満は最小限にできる。これが俺の意見だけど、皆はどう思う？」

「……私は新浜君の意見に賛成です」

最初に意思表示したのは紫条院さんだった。

「助けが得られるかもわからないのなら、自分達で頑張る方向でやってみたいです。せいぜい一時間と少しの時間ですし、全力でやってみるのもアリだと思います！」

「う、うん！　さっきは無理とか言ったけど私も賛成！　よく考えたら、今から助っ人探してるともっとグダグダになりそうな気がするし！」

「ええ、もう何が正しいかは結果論になりそうですしね。私も開き直ってみます」

三人の少女から同意を得て、俺は大きく頷《うなず》く。

「わかった。ならちょっと配置を見直そう」

方針はこれで決定だ。後はどうやって四人で回すかだ。

「食券販売とオーダー管理を風見原さん、盛り付けとドリンク注ぎを紫条院さん、給仕を筆橋さんでやってくれ。食器を捨てるのはセルフでお客さんにやってもらう。テイクアウト分はオーダーの一つとして、皿の代わりにパック容器に入れる感じで紫条院さん担当で」

「は、はい、了解です！　でも……タコ焼きの調理はどうするんですか？」

「ああ、調理は俺が全部担当する。オーダーは片っ端から俺にくれ」

タコ焼きの腕だけなら調理班長である紫条院さんの方が上だろうが、彼女は真面目さからとても丁寧に作るのが得意だ。効率と速度を重視するのなら俺の方が向いている。

「……一人とかマジで言っているんですか？　本来三人で焼かないと回らないんですよ？」

そう、いくら練習したと言っても、俺達はタコ焼き作りの素人《しろうと》でありプロの技術と設備で作るような生産スピードは得られない。なので当然ながら、今までは各家庭から持ち寄った三台のタコ焼き器を使って調理担当三人でオーダーを回していたのだ。

「ああ、大マジだ。四人でやろうって言い出した俺が一番頑張るべきだろうし――」

我知らず、俺はふっと笑みを浮かべていた。

これは俺の領分だ。キーボードやマウスがタコ焼き用ピックに置き換わっただけで、本質的なことは何も変わらない。

「俺は、こういう修羅場には慣れているんだ」

＊

大勢のお客がひしめく教室の中――法被《はっぴ》とねじりはちまきを身につけた俺は、クラスメイトの少女三人とともに、とてつもない鉄火場に立っていた。

「チーズ三！　明太《めんたい》六！　アンコ六！　オーダー入ります！　座席二番！」

「了解！　チーズ三！　明太六！　アンコ六！　座席二番！」

食券販売係兼オーダー管理担当である風見原が発したメニューの略称・個数・座席番号のオーダーを復唱する。この注文復唱による確認は馬鹿らしいという奴もいるが、俺の経験上多くのミスを未然に防いでくれる確認法だ。

（ノーマル三、ロシアン一、アンコ三はあと焼き二十秒！　新規、チーズ三、明太六、アンコ六……生地流し、具材セット！　一番席追加のツナ五は焼きを後三十秒！）

厄介なのは、タコ焼きをひっくり返すと中身がわからなくなることだ。

本来なら一人が担当するタコ焼き器は一台分なので、入れた具材の把握はそう難しいことじゃない。だが三台を一人で使うとなると、もはや広大な生地の海で行う記憶力頼りの神経衰弱の様相を呈してくる。

（くそ……っ！　ここまで難易度が高い原因は間違いなくメニューの多さのせいだ！　ああもう俺の馬鹿！　初期の計画案からすでにメニュー四種類とか多過ぎなんだよ！）

「紫条院さん、皿頼む！　白一、虹《にじ》一、黒一！」

「あ、はい！」

忙しくジュースを紙コップに注いでいた紫条院さんが、紙皿を出してくれる。

見た目からは味がわからないため、ノーマルタコ焼きは白、ロシアンタコ焼きセットは虹、アンコ入りは黒……というふうに色で判別できるようにしているのだ。

そして俺が紙皿の色に対応した味のタコ焼きを載せ、紫条院さんがアンコ入り以外に鰹節《かつおぶし》、青のり、マヨネーズ、ソースをかければ完成だ。

「筆橋さん、ノーマル三、ロシアン一、アンコ三、上がりました！　座席五番です！」

「はいはーい！　今行くよー！　うう、やっぱりキツいー！」

唯一の給仕役である筆橋が、泣き言を言いながらも今仕上がったばかりのタコ焼きを運んでいく。食器ゴミや食べ残しを捨てるのはセルフサービスでお客さんにやってもらっているが、それでも筆橋一人で教室全体をカバーするのは辛《つら》いだろう。

「はい、おつり二十円です！　次のオーダー！　チーズ六！　ノーマル六！　コーラ一、オレンジ一！　全部テイクアウトで！」

「コーラ二を一番席！　コーラ二、サイダー一を三番席！　お願いします！」

「はい、お待たせしましたー！　あ、すみませーん！　追加注文は全部食券でお願いしますー！　飲み物の余りはそっちのバケツに捨ててくださーい！」

風見原、紫条院さん、筆橋の三人は非常によくやってくれている。

正直想像以上の働きぶりだが……一向に負担が減らない！

何せ客が途切れない。ここまで客が多くなければ四人でもそこまで問題ないのだ。

そしてその原因は、おそらく紫条院さんだ。

ただでさえ艶《つや》のある浴衣姿なのに、汗ばんでいる今はさらに男心を刺激する姿になっており、キッチンに引っ込んでいるにもかかわらず男性客をどんどん教室に引き込んでいる。

（くそ、お前ら見るな！　汗に濡《ぬ》れた紫条院さんを見られるのはなんかムカつく！）

よく見れば注目されているのは紫条院さんだけじゃなく、風見原や筆橋もだった。

元々二人とも結構な美人なので、やはり汗でうっすら濡れた浴衣姿というのが男子を呼び込む誘蛾灯《ゆうがとう》のようになってしまっているのだ。

ああもう！　まったく、男子高校生って奴はこれだから！

「──なあ、ちょっと遅くね？」

（…………っ！）

不意に聞こえてきた客の誰かの呟《つぶや》きに、俺や他の三人の少女の顔がこわばる。

それは別に俺たち店員に向けた言葉ではなく、特に悪意もない小さな呟きだ。

だがしかし……俺たちが抑え込みたいものが噴出してきているのを感じ、さらに焦りを覚えてしまう。

「あ……っ！」

教室に響いた筆橋の声に反応して視線を向けると、ショートカットの少女は椅子に足を取られてバランスを崩し、運んでいた皿を床にぶちまけてしまっていた。

タコ焼きはいくつも床に転がり、ソースは床をベシャリと汚している。

「あ、あぁ……私……っ」

床に広がった惨状を見て、筆橋は途方にくれた様子で瞳《ひとみ》に涙をためる。

これは……マズい！　カバーが要《い》る！

「筆橋さんっ！　今落としたのノーマル六なんだよな⁉」

「えっ、あ、うん……」

忙しい現場でミスをしてしまったショックが筆橋の中で広がる前に、大声で問いかけて感情の流れをせき止める。

「よし、すぐに作り直す！　慌てずにそこを片付けてくれ！」

「わ、わかった……！」

すかさずはっきりとした言葉で仕事を任せて、責任感で罪悪感をストップさせる。

真面目な人間こそミスが深く尾を引くので、こうやってその瞬間にケアするのが肝心だ。

「紫条院さん！　例の呼びかけ頼む！」

「は、はい！　ええと、みなさん！　ただいま凄《すご》く混み合っていて、タコ焼きや飲み物をお渡しするのが遅れてます！　どうかもう少しだけ待っていてください……！」

浴衣《ゆかた》美少女の紫条院さんが声を大にしてお願いすると、今筆橋が落としてしまったタコ焼きを待っていた客や、提供の遅さにイライラしている一部のせっかちな客も表情を緩め、教室全体の空気が和らぐ。

これは事前に俺が紫条院さんにお願いしていたことで、『待たせてしまっているのは店側も申し訳なく思っている』と伝えることでお客の不満度を下げるのが狙《ねら》いだ。

これで流れは止めずに済んだが――

（ぐっ……座席が埋まってもテイクアウトがあるから無限に注文がくる……！　今のところギリギリ普通の八割ほどのスピードで提供できてるけど、このままじゃいずれ客から『遅い』『早くしてくれ』なんて言葉が出てきかねない！）

そしてそうなれば、こういう場に慣れていない女子三人の精神的負担は途方もないものとなり、現在維持しているこの流れは崩壊する。

いいや……落ち着け。

この修羅場を乗り切れるかは俺の腕にかかっている。

一番ネックとなっているのはタコ焼きの生産スピードだ。矢継ぎ早に飛んでくる注文が味の種類の多さによって複雑化しており、間違えないように脳内で整理しているから時間がかかる。また、焼きの手際もまだまだ無駄が多くて余計な時間を食っている。

タコ焼き器というハードは通常営業と同じく三台揃《そろ》っているのに、俺というソフトが追いついていないんだ。

（こういう時、料理漫画や経営漫画だったら主人公は逆転の秘策を考えつくんだろうけどな……！　チクショウ、元社畜の俺にはブラックな方法しか考えつかない！）

通常の調理班三人でタコ焼きを作る速度に俺一人じゃ追いつけないのなら――

俺が通常の三倍速くタコ焼きを作るしかない……！

（効率を突き詰めろ……！　徹底的に無駄を省いて、出されるオーダーを最適に処理するんだ！　タコ焼き作りもオフィスワークも会場設営もイベントブース対応も本質的には変わりない！　ただタスクを処理していくだけだ！）

徐々に蘇《よみがえ》ってくる社畜時代の意識が、俺のピック捌《さば》きを加速させる。

もっとだ……！　もっと速く！

注文というタスクが風見原から降ってくる。

それを脳内にイメージしたパソコンのフォルダに入れて管理。

待機状態になっているそれらを順番に実行していく。

タコ焼き器三台を俯瞰《ふかん》して、どこでどの種類を焼けば今のオーダー上で効率が良《い》いかすぐに目算して、すぐ焼きに入る。

油引き、生地流し、具材投入、焼き、仕上げ——工程を間違えずギアだけを上げる！

（ぐが……っ！　乳酸が溜《た》まりまくって腕が痛い……っ！　というか腰とか背筋とか全身痛い！　おまけにマルチタスクすぎて脳みそが焼き付く……！

けど……これならいける！）

脳の疲労や筋肉痛を考慮せずに最大効率の動きをトレースすると、なんとか望む生産スピードに到達する。

後は……これを持続させるだけだ！

「お、おい、見ろよあれ……三台のタコ焼き器を一人でフル活用してる……」

「なんだあの無駄がなさ過ぎて気持ち悪い動き……人間タコ焼きマシーンかよ」

やかましいぞ客たち！　人をタコ焼きマシーン呼ばわりすんな！

誰が好き好んでこんな曲芸みたいなことをするか！

（……でもそう言えば……確かに前世の俺は機械みたいだったよな）

前世の会社では効率を重視して最短で仕事をしないと何もかも間に合わなかったし、上司からは使えない奴だと罵《ののし》られた。

だから俺は何も考えないまま仕事をこなすだけの家畜——すなわち社畜になった。

暗澹《あんたん》たる心を抱えたまま、ただ仕事だけを処理し続ける陰鬱《いんうつ》な顔をした歯車だ。

(あれ……？　でも今俺……)

ふと気付く。あの頃と同じように身体が擦り切れるような忙しさで、限界以上に己を酷使しているのに――

俺の口元は、さっきから緩みっぱなしだった。

「あはははは……っ！　忙しいです！　頭がこんがらがりそうです！」

すぐ隣で、紫条院さんが紙コップに手早くジュースを注ぎながら言う。

シフト開始から動きまくってすでに汗びっしょりだ。

「なのに変です！　こんなに忙しいのに……すっごく楽しいです……っ！」

激務の中、この疲労と高揚が快いと紫条院さんは心から笑う。

額に珠《たま》となって連なる汗が、宝石のように眩《まばゆ》い。

「ははっ……！　確かに変かもな！」

あくまで手元は休めずに、俺は紫条院さんに応える。

「俺もメチャクチャ忙しくて死にそうだけど……メチャクチャ楽しくなってきたっ！」

脳と身体が軋《きし》むようなキャパオーバー。

なのにあの頃の仕事の機械と化していた時の、冷たく暗澹とした気持ちとは正反対だ。

失ったはずの時間の中で自分を燃焼させるのは、得も言われぬ高揚感と喜びがあった。
「新浜君もですかっ！　あははっ！　変な人同士ですね私達！」
俺が『楽しい』と答えたことに、紫条院さんは心から可笑《おか》しそうに笑った。
そうして、修羅場は続く。
俺達四人は強い連帯感で繋《つな》がり、押し寄せる大勢の客の対処に奔走し——
祭りの終盤を、ただひたすらに駆け抜けた。

十章　功労者に「ありがとう」を

日が傾き夕刻の時間を迎え、あれだけ騒がしかった文化祭も終わりを迎える。

俺たちも着流しや浴衣という衣装から制服に着替え、熱気と喧噪《けんそう》と共に過ぎ去ったお祭りを名残惜しむ。

だが、ある意味生徒達の本番は『祭りの後』にある。

「さて、色々とトラブルもありましたが……私たちのクラスが物販部門でぶっちぎりのナンバーワンになりました！　売り上げもがっぽりです！」

「「「おおおおおおおおおおおおおおおおおおおおっ！」」」

場所は教室。

壇上に上がった文化祭実行委員の風見原《かざみはら》がその栄誉を告げると、その場に集っていたクラスメイトたちは大歓声を上げげた。

「うっひょー！　マジか！」

「いやったぁ！　やるじゃんウチら！」

「まさか本当に一位になれるなんてな！　まあ、どの時間もめっちゃ客来てたもんな！」

「ははは っ！　ウチのクラスを馬鹿にしてた奴らも目を丸くしたぜ！　ざまぁ！」

「頑張った甲斐《かい》があったね！　なんかすっごい嬉《うれ》しい！」

最初は決して全員にやる気があったとは言えなかったクラスメイトたちは、今は一様にはちきれんばかりの喜びの表情になっている。

協力と苦労の果てに勝ち取った甘美な栄光に、誰も彼もが大はしゃぎだった。

「というわけで、早速売り上げを使ってお菓子やジュースを買ってきました！　これからの後夜祭をガッツリ楽しんでください！　本当にお疲れ様でした……！」

風見原も祭りの後の空気に浮かれているのか、いつものマイペースな雰囲気はなりを潜め、声が上ずっているように聞こえる。

（話していく内に知ったけど……あいつは自分の不手際でクラスの出し物がダメになりかけたことを本気で気にしていたからな。こうして大成功で幕を引けて嬉しいんだな）

「ね、ねえ……新浜《にいはま》君。大丈夫……？」

「その……保健室に行かなくて大丈夫ですか？　なんだかげっそりと痩《や》せたような……」

「はは……大丈夫って言いたいけどちょっと辛《つら》いなこれ……」

ショートカット少女の筆橋《ふではし》と、黒髪ロングの紫条院《しじょういん》さんが俺の顔を心配気に覗《のぞ》き込む。

二人の見目麗しい少女の顔が近づいて通常ならドキリとする場面だが、今の俺にそんな気力はない。

後夜祭が始まり、クラスメイトたちがジュースやお菓子片手にワイワイと盛り上がっている中、俺は床に座り込んで壁にもたれかかり、クラゲのように脱力していた。

その原因は当然、肉体と脳を酷使して通常の三倍近い速度でタコ焼きを作り続けたからだ。アレは喩《たと》えるなら、三つのパソコンを同時に操作して三人分の仕事を高速でこなすような所業であり、その代償として俺の脳も身体も完全にオーバーヒートしてしまった。

体力は完全にゼロで、腕やら腰やら全身がギッシギシに痛い。

「まあ、そうだよね……なんだかもう暴走した芝刈り機みたいな働きっぷりで空中分解するかと思ったもん」

「う……」

実際に働きすぎて空中分解（突然死）したことがある身としては耳が痛い。

「まあ、でも頑張った甲斐はあったよ」

あのド修羅場なタコ焼き地獄は、お客から特に不満が出ることもなく、最後まで材料を使い切って完売した。

途中で暇した生徒が教室に戻ってきたら有無を言わさず手伝って貰《もら》うつもりだったのだが——残念ながらそうはならず最後まで四人のままだった。

バカ男子の赤崎《あかさき》が『材料は予算の許す限り多めに買っておいて、余ったらみんなで食おうぜ！』と主張して皆もそれを承諾していたため材料はやたらと大量にあったのだが、浴衣美少女効果はそれを上回るお客を呼び寄せたのだ。

「今考えたらお客を制限するとかテイクアウトをやめるとか、もうちょっと上手《うま》いやり方があったんだろうけどな……」

「あの忙しさだと、もう目の前の事でいっぱいで、そういう事を考える余裕なんてなかったですからね……まさか行列ができるなんて予想していなかったですし」

俺の呟《つぶや》きに答える紫条院さんも、流石に疲れた様子だった。体力派の筆橋も同様であり、さっき壇上で実行委員最後の役目を果たした風見原もそうだろう。

「俺の決めた方針にみんなを付き合わせてしまったよな……悪かった」

「は？　何カッコつけたことを言っているんですか新浜君」

俺の声に応えたのは、いつの間にか壇上を下りてそばまで来ていた風見原だった。

「誰にもヘルプの呼び出しをかけないで、四人でやると決めたのは私達全員の意思です。それは当然、頭が爆発しそうなくらいの労働を負うのを理解しての事です。私達は子どもじゃないんですよ？」

「そうそう！　私も文化祭を楽しんでるクラスメイトを呼び出すのはやだなあって思ったしね！　結果として気持ちよく文化祭を終われたよ！」

「私もお二人と完全に同じ考えですっ。四人でやれるところまでやろうと決めて、四人でとっても苦労して一番良《い》い結果を勝ち取りました。結果論かもしれませんけど、私たちの選択があったから誰も不幸にならずに済んだんです！」

俺が自分の責任めいたことを言うと、三人の少女は即座に否定してきた。

そしてそれは、まったくもってそのとおりだ。

「そっか……そうだな……」

俺が決めたんじゃなくて、四人でそうすると決めたんだもんな。

自分勝手なはき違えをするところだった。

「ああ、ところでこの打ち上げのお菓子やらジュースって、生焼けタコ焼き食って腹壊した連中が買ってきたのか？」

「ええ、本来は実行委員である私が行く予定でしたけど。是非任せて欲しいと言うのでそうしました」

あの後――全てのタコ焼きを売り尽くした俺たちが疲労困憊《こんぱい》でへたり込んでいると、トイレから解放されたシフトメンバーの男子三人他数名が腹をさすりながら戻ってきた。

当然、クタクタの極致である俺たちの口からは文句が出た。

『お前らぁぁぁ……！　このアホどもぉぉぉ……！』

『おやおや……トイレ王国の住民が帰ってきましたよ……』

『お腹は大丈夫ですか……？　もう生焼けのタコ焼きなんて食べたら駄目ですよ……』

『責めはしないけど一言は言わせてよー！　すっごい大変だったんだからー！』

そして俺たちが四人で無茶《むちゃ》やって仕事を回していたと知るや、トイレからの帰還者達は青ざめて『マジすまんかった……！』と平謝りしてきた。

「埋め合わせとして後片付けをやってくれたし、お菓子とかの買い出しまでやってくれたのなら、俺はもうあれ以上責める気はないけどな」

「ふふ、そうですね。その……ふざけてお腹を壊したのはちょっとどうかと思いますけど、皆さんに悪意があったわけじゃないですし」

「本当に大変だったから流石に文句は言ったけどねー。おかげで新浜君は浜辺に流れ着いた魚の死体みたいになってるし……無茶しすぎだよ」

うん、社畜時代を思い出して本当に無茶しすぎた。

今回のアレは精々一時間ちょいのことだけど、社畜時代には十二年間毎日のように朝から深夜までああいう類いの無茶をやっていたとか、今考えると自分の愚かさに戦慄《せんりつ》する。

そりゃ内臓もボロボロになるし死にもするわ。

「自分で全部調理するとか言い出したので、また何か秘策でもあるのかと思ったらまさかの力押しでしたもんね。新浜君がアホほど働いて欠員分をカバーするとか根性論すぎでしょう。まあ、でも……」

風見原はそこでふっと笑いメガネを押し上げた。

「中々カッコ良くはありましたよ。新浜君って文化祭前までは内気な性格だと思っていましたけど、すごく頼りになってエネルギーの塊みたいな人だったんですね」

「うんうん！　なんかもう見てて不安になるくらいの働きっぷりだったけどカッコ良かったよ！　一緒に仕事できて良かった！」

「お、おお、なんかそう言われたら照れるけど……ありがとう」

前世では全く接点がなかった風見原と筆橋からそう言われるとは想像しておらず、俺は思わず顔を赤らめて上ずり気味の返事をした。

「それじゃあ、私はやることがあるのでまたあとで。後は紫条院さんに任せます」

「うん、私もちょっと別の子と話をしてくるね！　二人ともまたねー！」

そう言い残して、今回の文化祭で最も仲良くなれたクラスメイト二人は去って行った。

その場には俺と紫条院さんだけが残る。

「あ、あの！」

「え？」

「私もカッコ良いって思いましたから！　思ってましたからっ！」

「あ、ああ……？　うん、ありがとう……」

二人が俺を褒めて自分がそうしなかったら気まずいと思ったのか、紫条院さんはやや慌てた様子でそう告げてきた。無理しなくていいのに……。

「よっと……」

「あ……立ち上がって大丈夫なんですか？　本当にフラフラでしたけど……」

「ああ、多少は回復してきたから大丈夫だよ」

紫条院さんに笑いかけ、俺は立ったまま壁に背を預ける。

明日の筋肉痛は確定だが、今はなんとか身体が動く。

「本当に無理をしてくれたんですね……」

「ああ、でも……楽しかった。働いていて楽しいなんてこともあるんだな」

俺にとって労働とはすべて苦役だった。

それは俺をボロ雑巾《ぞうきん》のように使い捨てるゴミ会社のための労働だったからだ。

けれど今日は、紫条院さんや風見原、筆橋……ひいてはクラス全体のため、俺の取り戻せた青春のために自分を燃焼させたのだ。

あの時の俺の胸には、スポーツの試合で感じるような疲れを超えた高揚感があった。

「とはいえ、もう一度やれるかと言われたらキツいけどな……」

「ええ、私も皆で完全燃焼できて凄《すご》く楽しかったですけど……ふふっ、あれは勢いがあったから出来たんだと思います」

クラスメイト達が楽しそうにワイワイやっている喧噪《けんそう》をバックに、違いないな、と俺達は笑い合う。

「なんだか……不思議だな」

「え？」

「正直に言えば……俺はクラスのことを想っていたわけじゃない。このクラスのために何かしようとかも考えていなかったけど……」

今世においても学校における俺の世界は、紫条院さんと銀次《ぎんじ》くらいだった。

積極的にクラスの役に立とうと思っていた訳ではない。

「けれど今は……こうやって後夜祭で楽しんでるみんなを見て、良かったと思えている」

「新浜君……」

呟く俺を見て、何故か紫条院さんは嬉しそうに笑った。

いつ見ても男心を溶かすその可愛い顔に見とれていると——周囲に人が集まっていることに気付いた。

「え……？　ど、どうしたんだお前ら？」

男子も女子も、クラスの一部を除いた殆《ほとん》どがいつの間にか俺と紫条院さんの周りに集まっており、何故かどいつもこいつもイタズラっ子みたいな笑みを浮かべている。

な、何だ？　なんなんだ？

「さて新浜君。今からみんなで言いたいことがあるので良く聞くように」

集団の先頭に立っている風見原が、薄く笑ってメガネをクイッと上げる。

「あはは、ちゃんと聞いててね新浜君！」

風見原の隣に立つ筆橋が屈託のない笑みを浮かべる。

「は……？　聞く？　聞くって何を……」

困惑する俺をよそに、皆は息をすぅと大きく吸い込んで——

「「新浜（君）っ！　ありがとうっ！」」

そんな言葉を、唱和した。

「…………え？」

　ありー……がとう？

「何にも決まらないグダグダ会議の流れを変えてくれて、本当に助かりました！」

「装飾班のアイデアを実現可能にしてくれてありがとう！」

「俺に看板作らせてくれてありがとなっ！　いや、お前面白い奴だわ！」

「簡単な出し物とか言ってフタを開けたらクソ忙しかったじゃねーか！　まあでも、間違いなく面白かったわ！　めっちゃ感謝な！」

「お前が一位を目指すとか言い出した時はアホかと思ったけど、まさか本当に実現するとはな！　おかげで今は最高に気分いいぜ！」

「その、最初に面倒臭がって悪かったよ。やってみたら意外と悪くなかったつーか……」

「浴衣《ゆかた》着れて嬉《うれ》しかった！　本当に楽しい出し物にしてくれてありがとう！」

「最後のシフトでトラブっちゃって一人で三人分働いたって本当!?　そこまでしてくれたとか、本当にありがとう！」

「ここまでウチのクラスの出し物が楽しくなるとは誰も思わなかったって！　いやマジサンキューな新浜！」

　予想もしなかった状況に、思考が停滞する。

　ありがとう。

それはありふれた感謝の言葉だ。

珍しくもない。

前世でも他社の人間から挨拶《あいさつ》のようにそう言われていたし、業務メールの文末にも頻繁に登場していた。

けれど、これは違う。

そんな社会通念上のおざなりな定型文じゃない。

血の通った温かい『ありがとう』が——雨あられと俺へ降り注いでいた。

「誰もが一度っきりの高校生活の、貴重な文化祭を楽しみたいのが正直な気持ちです」

言葉を失っている俺に、風見原が語る。

「だから、クラスの出し物をこれ以上なく考えて、皆をまとめながら形にしていって、こうして最高の気分まで辿《たど》り着かせてくれた功労者に、皆も一言お礼を言いたかったらしいですよ？」

「あははっ、誰がどう見ても新浜君が一番働いていたしね！」

筆橋が笑い、周囲の奴らも笑顔のまま頷《うなず》く。

いや、そんな……。

そもそも俺はクラスの事を気にかけていた訳じゃなくて……ただ紫条院さんが楽しみに

していって言ったから企画しただけで……。

「もちろん、私も感謝してます」

　ふと見れば、俺のすぐ隣で紫条院さんが微笑んでいた。

「ありがとう、新浜君。最初から最後まで、色んなトラブルや困ったことも含めてとても素敵な文化祭でした」

　上手《うま》く口が動かせない。

　まったく経験したことがない『ありがとう』で俺の頭がいっぱいになる。

「みんなが新浜君を見ていました。だから——感謝の言葉を受け取ってください。みんながそう言いたくなるほどに、新浜君は頑張ったんですから」

　そこまで言われてやっと、俺は皆が心から俺に謝意を向けてくれているのだと、実感として理解した。

　皆が本当に——俺を見てくれていたのだと。

（ははっ……そう言えば前世で俺がどれだけ馬車馬のように働いても誰にも感謝されなかったな。出来て当たり前で、出来なかったら嫌みや罵倒《ばとう》の嵐で……）

　誰にも褒められない。誰にも感謝されない。そういう人生だった。

　それなのに今は……こんなに大勢から『ありがとう』と言って貰《もら》えるなんて……。

「あー……その、みんな……」

予想外すぎて働かない頭で、しどろもどろに口を動かす。

ダメだ。上手い言葉がまるで出てこない。

「その、俺からも……ありがとう……」

ようやく出てきたのは、そんな芸も何もないオウム返しだった。

けれど何かもう……これに尽きる気がした。

「あははははっ！　新浜君顔真っ赤ーっ！」

「ほれ見ろ！　めっちゃ照れてるぞっ！」

「新浜君、乙女っぽーい！」

「まあでも感謝はマジでしてるから！」

「めっちゃ骨折ってくれてありがとうなっ！」

俺の言葉に反応して、誰しも好き勝手に笑う。けれど、その気持ちは本当だった。

クラスメイトの奴らは紛《まご》うことなき笑みを浮かべ、信頼を露《あら》わにして、感謝の言葉を口にする。俺を認めて、俺にありがとうと言ってくれている。

前世の俺が一度も見たことのない光景が――そこにあった。

十一章 ◀ 悪夢と膝枕

「ん………」

ぼんやりとした意識のまま、俺は机に突っ伏していた頭を起こした。

あれ、俺は何をしていたんだ……？

あ、いや……そうだ。

文化祭の後夜祭でみんなと話していて……。

「俺……寝てたのか？　いつの間に……」

ぼんやりとした視界が徐々にクリアになる。

そして、朧気《おぼろげ》だった周囲の輪郭もまた、次第にはっきりしていく。

「え……？」

そこで気付く。

今まで俺が頭を突っ伏していたのは教室の机ではなく——

パソコンが載ったオフィスデスクなのだと。

「な、何でこんなものが……え……!?」

教室にあるはずがないものに混乱していると、自分の着ている服が学校の制服でないことに気付く。スーツ、シャツ、スラックス、ネクタイ――完全に社会人の格好だった。

「あ……え……?」

訳もわからずに周囲を見回すと、そこは学校の教室ではなかった。

タバコのヤニで汚れた天井。

老朽化の著しい亀裂が多い塗装がハゲた壁。

整理されていない書類が乱雑に詰め込まれたキャビネット。

居並ぶオフィスデスクとその上に鎮座するパソコン。

見覚えがありすぎる光景に全身の血が氷のように冷たくなっていく。

(ここって……い、いや、そんな、まさか……)

「居眠りとは良い身分だなカスが」

「え……」

その声を聞いた瞬間――胃腸に捻《ねじ》れるような痛みが走った。

オフィスに響いた嫌みな声に、どうしようもなく聞き覚えがあったからだ。

「課……長……」

俺の上司……口を開けば文句と罵言《ばげん》しかでてこない俺の恐怖そのもの。

脂ぎった肥満の五十代が良心の欠片《かけら》もないような目でこちらを見ていた。

「何がどうなって……俺は教室で……みんなと……」

「ああん、教室ぅ？　はっ、何を馬鹿な夢を見てるんだこのグズが」

「ゆ、め……？」

何を言っている。

あれが夢なわけないんだ。

俺は過去に戻ってやり直して、取りこぼしていたものを得るために――

「はっ、どんな楽しい夢を見ていたか知らねえけどなあ！　お前の現実はこっちだよ！」

ちがう。そんなのは嘘だ。

こんなものは現実じゃない。現実であっていいはずがない。

「さあ、楽しいお仕事の時間だ新浜《にいはま》」

課長がニヤニヤとした顔で俺のデスクに近づき、ファイルや書類の束をドサドサと山積みにしていく。毎日徹夜してたとしても、いつ終わるかわからないほどの量だった。

「休みなんてない。辞めるなんて許さねえ。お前はここでずっと馬車馬みてえに働くんだ。

明日《あした》も明後日《あさって》もそのまた次の日も！　お前の一生なんてそんなもんだよ！」
ちがう、ちがう、ちがう。
俺の一生はそんなものじゃない。
そんな地獄みたいな人生にならないように、俺は未来を変えるんだ。
「しかしまあ、ずいぶんいい夢を見てたようだなぁ？」
やめろ。
それ以上何も言うな。
「けどもう目が覚めたろ？　お前が見ていたのは——」
ちがう。
ちがうちがうちがうちがうちがうちがう……！
「全部都合のいい妄想なんだよ」
黒ずんで固まった油のようなニチャリとした声が、俺に絡みつく。
俺の周囲にあるもの全てが、あまりに見慣れていて——
ここがお前にお似合いの場所だと無言で囁《ささや》いてくる。
『——そもそも過去をやり直せるなんて本気で思っていたのか？』
頭の中に、課長でない誰かの声がした。

知らない声のようで、人生で最も聞いた気もする。
ああそうか、これは——俺の声だ。
『紫条院《しじょういん》さんと仲良くなれた？　彼女の未来を変える？』
『死別した母さんと再会できた？』
『妹に慕われるようになって、お互いに笑顔で話せるようになった？』
『文化祭を成功させてクラスの皆から感謝された？』
『全部、全部、全部——お前の妄想だよ』
『哀れな男が人生の最後に見た夢に過ぎない』
そんな都合の良い夢は妄想でしかないと、頭に溢《あふ》れる声が俺をあざ笑う。
俺の心に、直接その嘲笑《ちようしよう》がすり込まれる。
思考能力が薄れ、心が希望を信じられなくなっていく。
そうなの……か？
俺は今まで……渇望した願望を夢に見ていただけなのか？
(俺が見ていたのは何もかも……ただの都合のいい幻……)
真っ黒なコールタールのような絶望が、俺の中に広がっていく。
心から熱が失《う》せて凍りつく。

胸の奥ががらんどうになり、全てが空虚になる。

そうして俺の中から一切の希望が消えかけたその時——

頬に、温かい何かが触れた。

「え……？」

途方もなく温かい何かは、凍りつきそうになっていた俺の心をじわりと溶かした。

俺の内側に広がっていた真っ黒な感情が、太陽に照らされた影のように消え失せていく。

すぐそばで、誰かが俺の名前を呼ぶ声が聞こえた。

涼やかで心地よい響きが耳朶《じだ》に触れて、消えかかっていた希望に再び火が灯《とも》る。

喜びと温《ぬく》もりに満たされて、全身に活力がみなぎっていくのがわかった。

「これは……」

この温もりを、この優しい声を俺は知っている。

いつも俺を奮い立たせるもの。俺が心を動かす一番の原動力。

俺の心に光と熱をくれるのは、いつだって彼女なのだ。

「紫条院さん……」

つい先ほどまでの絶望なんてなかったかのように、晴れ晴れとした気持ちで俺はその名前を口にした。

＊

私──紫条院春華《はるか》は今、二人っきりの教室で寝息を立てる新浜君を見守っていた。

後夜祭が終わった後、お菓子のゴミなど片付けをしていると新浜君がいつの間にかタコ焼き喫茶の客席に座って眠りに落ちていた。

もちろん起こさないといけなかったけれど、今日の重労働からくる疲労を知っている私は他の皆が帰宅する中、教室の鍵《かぎ》を風見原《かざみはら》さんから預かって、眠る新浜君と一緒に教室に残った。

最終下校時刻まではまだ少しだけ時間がある。

それまでは新浜君を寝かせてあげたかったからだ。

「とっても楽しい文化祭でしたね新浜君」

役割が終わったタコ焼き喫茶のセットに囲まれ、私は呟《つぶや》いた。

そう、この文化祭は楽しかった。

その楽しさを私やクラスの皆にくれたのは、今目の前で寝息を立てる男の子だった。

後夜祭で皆が新浜君に心からの感謝を告げた時、私は思わず笑顔になっていた。

新浜君の頑張りを皆が認めて、皆の気持ちが新浜君の心を温めている様子を見ていると、何だかこっちまで嬉《うれ》しくなってしまったからだ。

(けれどその……誰にも言ってないですけど、少しだけモヤモヤする時がありました)

例えば風見原さんと筆橋《ふではし》さん。

二人とも文化祭を通じて新浜君と話すようになったのだけど、彼女らが新浜君に笑顔を向けていると心にほんの微《かす》かなさざ波が立つ。

新浜君が皆の信頼を得るのはとても嬉しいけれど、一番親しい男子の友達の関心を取られてしまうのは、ちょっとだけ寂しい気持ちになってしまう。

「むぅ……特に風見原さんですね……」

この文化祭で、実行委員とそのアドバイザーという立場の二人はかなりの時間一緒にいた。風見原さんはマイペースなので感情が読みづらいけど、新浜君に対しては一貫して好意的でその手腕を何度も褒めていた。

あれだけ頼りになる人なのだから当然ではあるのだけど……。

「それに新浜君もなんだか風見原さんや筆橋さんに対しては気安いような……」

風見原さんには『俺を矢面に立たせすぎだろお前!?』とかで、筆橋さんには『ああもう、泣きそうな声出すなって！　なんとかするから！』みたいな感じなのに私には『俺で良ければいつでも力になるよ』というふうに紳士的すぎるのだ。

「私にももっと気さくな感じで構わないんですけど……え？」

ふと新浜君の顔を見ると、額に珠《たま》のような汗がびっしりと浮かんでいた。

それだけじゃない。

苦痛に表情を歪《ゆが》めており、口から苦悶《くもん》の声を漏らしている。

「に、新浜君!?　どうしたんです!?」

「う、あ、ああ……あああ……」

苦しみに呻《うめ》く尋常ではない様子に、すぐに悪い夢を見ているのだとわかった。

それも相当に酷《ひど》い夢のようだ。

「新浜君……っ」

私は咄嗟《とっさ》に、そっと彼の頬に触れた。

後で冷静に考えれば新浜君をすぐに起こせば良かったのだろうけれど、この時の私はこうすることしか頭になかった。

幼い頃、嫌な事があった時にお母様がいつもそうしてくれたように、人肌の温かさで新浜君の悪夢を少しでも溶かしたいという一心だった。

新浜君が見るべきなのは悪夢なんかじゃない。

こんなにも色んな事を頑張って一生懸命な人は、たとえ夢でも不幸になるべきじゃない。

「新浜君が見るべきなのは……幸せな夢なんです！」

体温を伝える面積を増やすべく、私は両の手で新浜君の頬を包み込んだ。

彼の苦しみが、少しでも和らぐことを願いながら。

＊

紫条院さんの声が聞こえる。

紫条院さんの温もりを感じる。

ああ、彼女がそばにいるのならもう答えは明白だ。

これは絶対に現実じゃない。

「はあ、ビビって損した……なんだ単なる悪夢かよ」

さっきまでの感情が死んでいくような気分はあっさり霧散し、俺はこんな見え見えの悪夢で取り乱した自分を恥じた。

というか夢だと認識した上で冷静に見てみると穴だらけだ。

なんかこの会社の風景も俺の記憶が曖昧《あいまい》な部分はぼやけてるし。

「おい、新浜てめえ何をブツブツと……」

「課長のディテールだけは正確だな。それだけトラウマだったたってことか」

　さて、こんな悪夢からはとっとと覚めるのが一番だが——その前に。

「おいこら聞いてんのかグズが！　お前の成長のために俺の分もやらせてやるから、さっさと仕事をしろ！　ちょっとでもサボったらまた給与を下げてや——」

「やかましいわボケがあああああっ！」

　ギャーギャーとわめき出した課長を正面から怒鳴りつけてやると、根性が曲がった顔をした五十代男は目を見開いて絶句した。

　せっかくだし、前世でこいつに言いたかったことを全部言っておこう。

「このブクブク太りのクソ課長がっ！　タバコの吸い過ぎで口がヤニ臭《くせ》えんだよ！　他人のことばっかりネチネチとケチをつけて自分一人じゃ何も出来ない無能の権化のくせに、いつも人に理不尽な命令ばっかしやがって！　偉そうなことを言うならてめえが百連勤してみろや！」

　いつも胸に渦巻いていた怨嗟《えんさ》をぶちまけると、課長はワナワナと震えだした。

　はは、夢のくせに一丁前に怒るのか。

「よくも……よくもこの俺にそんな口をききやがったな！　お前今後まともに仕事できる

と思うな……よ……？」

指をポキポキ鳴らしながら近寄る俺に、課長の声が尻《しり》すぼみになる。

ふふ、考え方を変えればこれって悪夢どころかすっごい良《い》い夢じゃないか。

「なんせ夢なら傷害罪も何もないからな。ノコノコ人の夢に出てきたのが運の尽きだ」

俺はニコニコとすこぶる良い笑みを浮かべて課長に近づく。

ははは、今更後ずさりしても遅《おせ》えよ。

「ま、待て……！　やめ……っ！」

「積年の恨みだ……！　くたばれやあああああああああ！」

俺は拳《こぶし》を固めて、かつて見るだけで吐き気がしていたクソ野郎に突進した。

＊

「良かったです。こんなに効果があるなんて……」

新浜君の頬を両手で包んだのは衝動的なことで、それでどうにかなるとは思っていなかった。けれど何故か効果は絶大で、新浜君はすぐに穏やかな寝顔を取り戻した。

「これで新浜君も心安らかに——えっ？」

苦悶の表情が消えた新浜君は、寝言で「うーん……くたばれやぁ……」などと言いだして身体をよじり始めた。

するど身体がどんどん席からずり落ちていき……最後には床に落っこちてしまったので私は大いに慌てた。

「だ、大丈夫ですか新浜君？　え……まだ寝てる……？」

ごろんと教室の床に転がった新浜君は、まだ寝息を立てていた。

これで起きないとはやっぱり相当疲れているようだ。

「流石にこのままにはしておけないですね……その……ちょっと失礼します……」

私は自分のお尻の下にクッション代わりの鞄《かばん》を敷いて床に座り込み、新浜君の頭を自分の膝《ひざ》の上に乗せた。

鞄を枕にするよりかは、少しは安眠を提供できるはずだ。

（わ、わぁ……膝に頭を乗せるくらい大したことないと思っていましたけど……私のお腹あたりに新浜君の顔があるというのはなんだかこう……変な気分になります……）

「ん……あれ……？」

「あ……起きたんですか新浜君？」

「ああ、こんどはちゃんと……きょうしつ……だ……」

目を覚ましたと思って声をかけてみたものの、どうも言葉がふわふわだ。

意識が完全に覚醒《かくせい》せず寝ぼけている状態のようだった。

「あの、わかりますか？　私は紫条院です。新浜君は教室で寝ちゃっていて……」

「ああ……しじょういんさんだ……」

私の名前を呼ぶ新浜君はまるで幼児のようで、とても無垢《むく》だった。

おそらく、あまり状況はわかっていないのだと思う。

（ふふっ今の新浜君……なんだか子どもみたいで可愛いです）

「ん……？　ひざまくらだ……やわらかい……」

「あ、あのこれは……新浜君が床にずり落ちてしまったので……」

新浜君の頭を膝に乗せたまま会話しているという状況が急に気恥ずかしくなり、私はつい言い訳のようなことを口にしてしまう。

「ああ、きもちいい……それにいいにおいがする……」

「〜〜〜〜〜っ!?」

私は顔が真っ赤になった。

今日の私はタコ焼き喫茶のシフトに入った時に、とっても汗をかいてしまった。

そんな汗くさい自分の臭いを新浜君に嗅《か》がれていると思うと、とてつもないほどの羞《しゅう》

恥心《ちしん》がこみ上がってくる。

「ああ、やっぱりしじょういんさんはきれいだな……すてきだ……」

「ひゃっ⁉　な、何を言っているんですか⁉」

今の新浜君は寝ぼけている状態だから、殆《ほとん》ど無意識なのだろう。

けれどいつか彼と一緒に下校した時と同じく、その言葉にどうしても動揺してしまう。

「でも……これはゆめじゃないよな……」

「え……」

「しじょういんさんは……おれのてのとどくところにいるのかな……」

その呟《つぶや》きは、いつも前向きで何にでも一生懸命な新浜君のものとは思えないほどにか細く、まるで怯《おび》える子どものようだった。

(あんなに何でもできる新浜君が何をそんなに不安がっているのか……それはわかりません。けれど――)

「――はい、ここにいます」

さっきそうしたように、私は新浜君の不安を消したくて彼の頬に触れた。

今日この日をとても頑張った男の子が少しでも安らいでくれることを願って、想いをこめて微笑みかける。

「新浜君の側に、私はいますよ」

＊

（ああ……やわらかいなひざまくら…………ん？　ひ、膝枕《ひざまくら》……っ⁉）

胸中で呟いたそのワードの破壊力に、俺の頭にかかっていた霧が吹き飛ばされる。

夢と現《うつつ》の狭間《はざま》にいた俺の意識は、幸か不幸かはっきりと覚醒した。

そうして、俺は状況を認識する。

すでに日没を迎えて、窓の外には夜の帳《とばり》が下りている。

薄暗くなった二人っきりの教室で、どういうわけか俺は紫条院さんに膝枕されており、さっきまで寝ぼけた状態で何か言っていたのだ。

（な、なんでこんな状況に……⁉）

本来なら飛び起きるべきなのだろうが、童貞のキャパを超えたシチュエーションに俺は脳が沸騰しそうなほどに赤面し、何も出来ぬまま少女の膝の上で硬直していた。

そして――

（あ――）

紫条院さんの柔らかな手がそっと俺の頬を撫《な》でた。

俺の意識がはっきりしているとは気付いていない様子で、母親がそうするように優しく俺に触れてくれた。

その慈しむような触れ方に、俺の羞恥と緊張が急速に溶けていく。身体から力が抜けていき、甘い匂いと体温に身を委《ゆだ》ねてしまう。

ここにいてもいいんですよ、と許されているような気がした。

（ああ……）

紫条院さんが膝の上にいる俺へとそっと笑みを浮かべた。

皓々《こうこう》と輝く月のような少女の微笑みはあまりにも優しく、どこまでも鮮烈だった。

感情が激しく揺さぶられて、ただ魅入ってしまう。

（綺麗《きれい》だ……本当に……）

膝の上から見上げる紫条院さんは、涙が出るほどに可憐《かれん》だ。

流れるような髪は輝く艶《つや》を見せており、俺の頬に触れる指先の感触はとても蠱惑《こわく》的で、清澄な心を表した笑みにどうしようもなく惹《ひ》き付けられる。

どうあっても目が離せない。心がずっと彼女を見ていたいと叫んでいる。

（ああ——そっか……そうだった……）

そうして、思い出す。

前世の高校時代における、紫条院さんと初めて私的な話をしたあの図書室を。

俺にとって絶対に忘れられない夢のように美しい思い出。

今と同じように彼女の笑顔に見惚《みほ》れて、永遠に記憶に刻まれた瞬間。

あの時から自分の胸に抱いていた本当の気持ちを、今ようやく正しく認識する。


（俺は――紫条院さんが好きだ）


その単純な事実を、俺はようやく自覚した。

ずっと憧《あこが》れだった。憧れという言葉で逃げていた。

けれど本当は前世から今に至るまでずっと――年齢を重ねて擦り切れた大人になってもなお夢に見るほどに、俺は紫条院春華という少女に恋い焦がれていた。

では、何故俺はここに至るまで自分の想いを自覚できなかったのか？

それが憧憬《しょうけい》の延長線上にある淡い恋心だったから？

――違う、逆だ。

俺が紫条院さんに抱いた想いが、あまりにも強すぎたのだ。

前世のあの図書室で紫条院さんの笑顔を見た瞬間――俺は完全に彼女に惹き付けられた。

そして、それによって俺の胸に生じた恋の熱量は、学生らしい淡い恋慕というレベルには到底収まらない激烈なものだったのだ。

頭の中で鮮烈な春風が吹き抜けて、頭の天辺《てっぺん》からつま先までがピンク色に染まるように魅了された。天使の微笑みを見るだけで魔法をかけられたように幸福になり、紫条院さんが好きだと全身の細胞が叫んでいた。

だが――陰キャオタクの中で生まれてしまったその強すぎる恋は、俺にとって心を削っていく毒でもあった。

（紫条院さんが好きで、そばにいたくて、ずっと隣を歩いていたいって強く思った。でもそれが絶対に叶《かな》わないっていう現実が辛《つら》すぎて……）

当時の俺には、恋を成就させる要素が何もなかった。

自分に対する自信、告白する勇気、ライバルと戦う闘志、紫条院さんと並んでも恥ずかしくないと思える振る舞いや能力……足りないものを数えればキリがない。

痛みを避けることだけを考えて生きていた根暗オタクの俺は、どれだけ想いというエネルギーがあっても、それを行動に変える土台たる心が育っていなかったのだ。

だからこそ、生じた矛盾に俺は激しく苦しんだ。

泣いてしまうほどに紫条院さんが好きなのに、生粋の陰キャである当時の俺に恋を叶える力はない。告白する気概すらなく、故に失恋という終わりすらない。苦悩は頭の中で堂々巡りになり、俺の心は日夜磨《す》り潰《つぶ》されるような苦悶《くもん》に苛《さいな》まれた。

そしてとうとう……自らの心を守るために、俺の無意識は自分で自分を騙《だま》した。

（紫条院さんに対する感情はアイドルに対するような『憧れ』であって、決して恋愛感情じゃない……そんなふうに思い込むようになった……）

そして自分で封印した想いは、卒業して大人になってもずっとそのままだった。前世からタイムリープを経た今に至るまで、何もかも忘れ去っていたのだ。

（心が痛まないように、想いを全部すり替えるなんて……我ながら陰キャの極みかよ……）

一生に一度抱くかどうかという身を焦がすようなその想いは、絶対にそのままにしてはいけなかった。どんな結果になろうとも、気持ちを告げない限りは永遠に前に進めなくなると、高校生だった俺も無意識的にわかっていたはずだ。

けれど俺は結局痛みと苦悶に耐えられずに、忘却に逃げた。

俺が前世において今際《いまわ》の際に一瞬だけ自覚した、『致命的な失敗』とはこのことだ。

紫条院さんへの恋心を無意識に封印していた事も勿論《もちろん》だが――そんなにも強い想いを抱いておきながら、陰キャの殻を破れずに自分の恋のために行動できなかった自分があまりにも情けなくて、どうしようもなく悔しかった。

絶対に必要なその時に、勇気を振り絞れなかった事こそ……俺の青春における最大の失敗だったのだ。

（あれだけリベンジを意気込んでおいて一番大切なものを外していたとか……ああもう、本当に俺って奴は……）

紫条院さんの未来を守るという使命感で誤魔化《ごまか》していたが、俺にとって最もやり直したいことは、好きな人に気持ちを告げることだった。

俺が最も取り戻したい青春こそ、彼女だったんだ。

そして今……紫条院さんとたくさんの言葉を交わして、多少なりとも心を寄せ合った俺は、とうとう恋心が限界を超えて全てを自覚することができた。

だから、そう遠くない未来に――

（俺は絶対に、天使すぎるこの娘《こ》に好きだと告げる……！）

今度こそ逃げずに、今度こそ自分を偽らずに。

ずっと抱え続けてきたこの想いを、君に伝えてみせる。

だから、それまで——

「まっていて……くれ……」

明晰《めいせき》になっていた脳が、再び睡魔に襲われる。

想いを寄せる少女に抱かれている安らぎと多幸感が、疲れ果てた身体に染み渡って俺の意識を彼方《かなた》へと連れて行く。

「ええ、待っています」

そうして再びまどろみに落ちる直前に、紫条院さんは静かに囁《ささや》いた。

「このままずっと、時間が来るまで新浜君を待っていますから——」

膝《ひざ》の上にある俺の頭を労《いたわ》るように撫でて、どこまでも優しく静謐《せいひつ》な笑みを浮かべる。

「今は、もう少しだけ眠ってください」

ああ——そうだな。今は少しだけ休もう。

そして、目が覚めたらまた頑張ろう。

紫条院さんの未来を変え、俺の不出来だった人生にどんどんリベンジしていこう。

誰もが恋する天使に相応《ふさわ》しい男になるべく、二度目の人生を磨き抜く。

時を超えたこの世界で——君に想いを告げるために。

▶エピローグ◀ この奇跡の日々を歩いていく

文化祭翌日。

チュンチュンと雀が鳴く朝の通学路で、俺は身体中の痛みに耐えながら登校していた。

(クソ、いてぇ……タコ焼きで無理をしすぎた反動がガッチリ出てるな)

筋肉痛が翌日に出るという点で肉体の若さを実感するが、痛みについ顔をしかめてしまう。年長者はよく『いい若いモンが辛そうにするな!』などと言うが、若かろうがオッサンだろうが、痛いものは痛いのだ。

(でも、おかげで文化祭のシメは格好ついたよな。クラスは物販一位を獲《と》れて大盛り上がりだったし……俺も何だかんだで楽しかった)

晴れた空の下を歩き、俺は少しだけ誇らしい気持ちになっていた。

俺が前世でほぼスルーしていた青春のイベントを、あのクラスの奴らと一緒に最高の形にできたのだと思うと、つい頬が緩んでしまう。

（しかし、皆で一緒に苦労したせいか、クラスの雰囲気も以前に比べて良くなったな。なんかこう、気安くなったっていうか、距離感が近くなったような……）

例えば俺のオタク仲間である銀次《ぎんじ》だが、文化祭中にパソコンを駆使して食券やらを作ったりして、以前よりクラスとの接点を得たように思える。

あと俺にしても、以前はさほど会話がなかった奴らともそれなりに話すようになった。

その中でも一番接点が多かったのは、文化祭実行委員であるメガネ少女の風見原《かざみはら》だ。後夜祭の時に『今回はめっちゃ助けて頂き感謝に堪えません。私の代わりに超絶働いてくれてとても楽が出来ました』などと本当に感謝しているのか煽《あお》っているのか判別のつかない事を真顔でのたまい、最後までマイペースを貫いていた。

またスポーツ少女の筆橋《ふではし》は『ううううぅ……！　あんなに……あんなに苦労して作ったこの教室のセットが、明日には取り壊しなんて辛いよぉ……！』と祭りの終わりをとても惜しんでいた。作る時には全力で作り、壊す時は全力で名残惜しむ。あの元気娘のそんな若者の鑑《かがみ》のようなムーブが、俺にはとても眩《まぶ》しい。

（クラスの雰囲気も変わったけど……一番変わったのは俺だよなあ）

文化祭を完遂できた今日の俺は、昨日までの俺とは決定的に違う。

なにせ、紫条院《しじょういん》さんへの恋心を自覚したのだ。

俺の陰キャな部分の極みとも言うべき呪いを破り、前世から数えて十四年も経ってからようやく己の真実に目覚めたのである。

あの後夜祭での膝枕《ひざまくら》の後……家に帰った俺は、自分の心の曇りが全て晴れた事に感動し、恋心が盛り上がった勢いに任せてつい妹の香奈子《かなこ》へ激情を吐露してしまった。

『聞いてくれ香奈子！　俺はこの前、紫条院さんに恋愛感情なんてなくて、憧れているだけだみたいな事を言ったけど……あれ大嘘だった！　俺は紫条院さんを女の子として大好きだったみたいだ！』

『ああ、うん、知ってた』

『な、なんだとぉ!?』

居間のソファでポテチを摘まんでいた妹は、俺の興奮をよそに素っ気なく言葉を返した。

自分で自覚がなかった想いに妹が気付いていた事に俺は驚愕《きょうがく》し、そんな兄へため息を吐きつつ香奈子は続けた。

『そんなの最初からわかってたって。だって紫条院さんの事を語っている時の兄貴って、誰がどう見ても恋してるとしか言いようのない状態だったじゃん。どうせ、童貞特有の思考バグで紫条院さんへの気持ちを憧れだの何だのと思いこんでいたんでしょ？』

十四歳の中学生から自分の心情を正確に言い当てられて、その夜俺はショックでがっくりと膝をついた。俺自身は一回死なないとそこに気付かなかったが、陽キャな妹から見れば一目瞭然《いちもくりようぜん》だったらしい。

（しかも香奈子の奴、『それでさぁ……兄貴は一体どういう状況で自分のラブを自覚したのぉ？』とかニヤニヤ顔で聞いてきやがって。あんな恥ずかしい状況をペラペラ喋《しやべ》るかってんだ）

脳裏に浮かぶのは、夕闇に包まれた二人っきりの教室だった。

あれ自体が夢だったのではないかと思うほど非現実的なシチュエーションは、こうして思い出すだけで頬が熱くなって——

「あ、新浜《にいはま》君。おはようございます！」

不意に聞こえた涼やかな声へ、驚きつつ振り返る。

そこには、今まさに思い浮かべていた少女がいた。

長く美しい髪が風にそよぎ、澄み切った純真な瞳《ひとみ》が煌《きら》めく。

高貴な雰囲気を湛《たた》えるお姫様のような美貌《びぼう》には、誰もが魅了される笑顔が大輪の花のように咲き誇っている。

まるでタイムリープ初日の再会がもう一度リプレイされたかのように——紫条院春華《はるか》という少女はそこにいた。

しかし、あの時と決定的に違うのは……俺自身の紫条院さんへの反応だった。

（か……可愛い……可愛すぎる……！）

身体全体に熱を帯び、俺の心臓は凄《すご》い勢いで早鐘を打ち始めた。

紫条院さんが可愛いなんて今更わかりきった事だが、俺がここまで激烈に反応してしまうのは、間違いなく自分の恋心を自覚したせいだ。

心から好きな少女の笑みを見ただけで、全身が高揚と多幸感で満たされていく。

『憧《あこが》れ』というフィルターを自分で外してしまった今の俺には、紫条院さんの魅力がストレートに叩《たた》きつけられてしまっているのだ。

「あれ？　どうしました新浜君？　やっぱりまだ昨日の疲れが残ってるんですか？」

「っ⁉」

そしてそんな防御力ゼロな俺の顔を、紫条院さんは無防備にも愛らしい顔を近づけて覗《のぞ》き込む。お互いの視線がごく近くで絡み合い、俺の脳が一瞬で沸騰する。

「い、いいい、いや、全然元気だって！　おはよう紫条院さん！」

真っ赤になった自分の顔を誤魔化すべく、俺はまくし立てるように朝の挨拶《あいさつ》を告げた。

や、ヤバい……前世から持ち越した恋心と思春期真っ盛りの肉体が相まって、俺の思考がすぐピンク色になってしまう……！

「はい、おはようございます！　その、本当に身体は大丈夫なんですか？」

「あ、ああ。学校じゃ固い床に寝落ちしちゃったけど頭を高くして安眠できたし、家に帰ってからもぐっすり寝たからな。もう全然平気だよ」

まだ筋肉痛はバリバリだが、疲労が回復しているのは本当だ。

若い肉体の回復力は、本当に素晴らしいとしか言いようがない。

「そうなんですね！　それは良か…………え？」

快活に話していた紫条院さんの言葉が、何かに気付いたようにピタリと止まる。

ん……？　一体どうしたんだ？

「あ、そ、その……『頭を高くして安眠』って……あの後、目が覚めた新浜君は結構ぼんやりしていたので、記憶が曖昧《あいまい》なのかと思っていたのですけど……も、もしかして教室でどんなふうに寝ていたのかとか、憶《おぼ》えているんでしょうか……？」

「あ……」

紫条院さんは珍しく動揺した様子で尋ねてきた。

そして、そう問われて俺の脳裏に浮かぶのは薄闇での膝枕だった。

あの温《ぬく》もりと女の子の甘い匂い、人生で初めて堪能《たんのう》した太ももの柔らかい感触がありありと蘇《よみがえ》り、俺はさっきから真っ赤になってばかりの顔を紫条院さんの目から逸《そ》らす。

「そ、その反応は憶えているって事ですよね⁉　わ、わああ……！　す、凄く恥ずかしいです……！」

流石に俺の態度はモロバレだったようで、紫条院さんもまた両手で自分の頰を押さえて、顔を赤くする。

「あ、うん……ちょっとだけ憶えてる……その、ごめん……」

「い、いえ新浜君は何も悪くありません。あの時は勢いがあったからちょっと照れてしまう程度で済みましたけど、一晩明けてみると、もの凄く恥ずかしくなって……やっぱり自分でも浮かれていたんだなって思います……」

天然の紫条院さんと言えど、流石にあの膝枕は祭りテンションの後押しで至った事だったらしく、はしたなかったとでも言うように頰を染めている。

まあ、それも無理はない。俺も体験してみてわかったのだが、膝枕というのはスカートの上に頭を置くという構図上、女子の下半身に密着する危うい状態なのだ。

おまけに紫条院さんの場合、頭を膝に乗せた状態で見上げると豊満な胸が視界を圧迫してしまう。こうして思い出すだけで、俺の頰は何度でも上気してしまう。

「あ、でも！　勘違いしないでくださいね！」

「え……？」

「いくら恥ずかしくても、新浜君が倒れていたらいつでも膝くらい貸しますから！　また寝ぼけて椅子から転がり落ちた時は任せてください！」

「ごはっ……！」

紫条院さんの羞恥《しゅうち》の境目はどこなのか、天使な少女はグッと握り拳《こぶし》を作って決意を示し、それこそ俺が恥ずかしくて死にそうな事をきっぱりと告げてきた。

「？　どうしたんですか新浜君？　何だか今朝は不思議なタイミングで何度もショックを受けているように見えますけど」

「あ、いや、何でもない……」

魅力という爆弾でたびたび俺の心に強烈なショックを見舞う本人は、実に不思議そうに言う。今朝だけで何回ドキドキさせられたか教えてあげたい。

（ああもう、朝から心臓がもたない……）

天真爛漫《てんしんらんまん》な言葉に翻弄《ほんろう》されてばかりの俺は、意中の少女の顔を見た。

紫条院さんは、可愛くて、明るくて、天然で、ちょっとポンコツで——俺の大好きな女の子だ。こうして時を経て再会しても、魅力を再発見してばかりだ。

彼女に俺の想いを告げる——昨晩にそう決意した俺だが、それはまだ今じゃない。

前世の後悔をエネルギーに変えた俺は、告白する事自体はやろうと思えばできるだろう。

だけど今の俺にとっては、もはや告白は手段であってゴールじゃない。

結果がどうなってもいいだなんて思わない。

失敗前提でただ想いを告げるのではなく、自分の望む未来を勝ち取りたい。

(俺は告白したという決着が欲しいんじゃなくて……紫条院さんの恋人になりたい！)

告白は一度っきりの矢だ。闇雲に放って外したら目も当てられない。

だからそのために、これからもしっかりと彼女との距離を縮めていこう。

「あ、新浜君……！　油断してたらすごく時間が過ぎちゃっています！」

「え……？　うわっ、ホントだ！」

ポケットから取り出したガラケーで時間を確認すると、遅刻のリミットがどんどん迫ってきていた。社畜として遅刻に敏感なはずの俺だが、朝から紫条院さんと話が弾み、時間を忘れるほどの楽しさからついつい足が遅くなっていたらしい。

「ヤバいぞ紫条院さん！　文化祭の翌日に遅刻って絶対注目を浴びるって！」

「と、とても同感です！　急ぎましょう新浜君！」

いつの間にか登校中の生徒が極端に少なくなっていた通学路を、俺達は揃《そろ》って駆け出した。

早足で急ぐ中で、俺はふと考えた。
このタイムリープに意味があるのか。
何故俺がここにいるのか。
その答えは――『わからない』と言う他ない。
だが、意味があろうとなかろうと、俺は二周目の人生を懸命に生きるだけだ。
今日も明日も明後日《あさって》も、宝石のように貴重な青春の一日を全力で謳歌《おうか》する。

胸には数えきれないほどの後悔が。
まっさらな道行きには手つかずの希望が。
すぐ隣には俺が想い焦がれた青春が在る。

今度こそ悔いる事なく生きるために――
青春リベンジを心に掲げ、俺は今日もこの奇跡の日々を歩いていく。

あとがき

角川スニーカー文庫でははじめまして、慶野由志《けいのゆうじ》と申します。

青春に戻りたいですか？　私は戻りたいです。

歳がバレますが、『ドラ●エV』のデータが飛んでガチ泣きしたり、友達と『アーマー●・コア』で瞬きも忘れるほど真剣に対戦したり、突然クラスに襲来したテロリストを素手で制圧する妄想をしていたあの頃は、今思えば何ものにもなれる可能性の時間でした。

この作品の主人公である新浜《にいはま》は、そんな「あの頃は良かったな……」みたいな在りし日を懐かしむ程度ではなく、人生をことごとくミスって過去に後悔しかないという男です。

しかし、そんな男だからこそ二度目の人生への意欲はすこぶる高く、過去の失敗と悲嘆の全てをエネルギーに変えて青春リベンジを目指すのが本作となっております。

念のため申し上げておきますが、作者はハッピーエンド至上主義者であり、この作品に波乱はあったとしても不幸な終わりを迎える事はなく、誰もが笑顔になれる世界を目指しています。

とある英霊を召喚する超有名ビジュアルノベルゲームで「なんでセ●バールートにグッ

ドエンドがないんだよおおおおおおおおっ⁉」と夜中に絶叫した自分に賭《か》けて絶対です。

なお、この作品が書籍化されるとは、作者は夢にも思っていませんでした。

私は過去にラノベ作家としてデビューしてから数冊の本を出しておりましたが、しばらくの間、完全オリジナルの作品を出版できずにもがいていました。

そうして、Ｗｅｂ小説全盛の時代になって十年以上経った今、本当に今更ながらにネット上にラノベを載せてみようと思い立ったのです。

しかしＷｅｂ小説初体験でいきなり長編というのも……と考えて、練習作として書いたのが本作であり、最初は文庫本一冊分ほどで完結する予定でした。

それが予想外の人気を得て、慌ててエピソードを追加したのが本作となります。

そんな作品が第六回カクヨムＷｅｂ小説コンテストのラブコメ部門大賞というとてつもない栄誉を頂き、リアルに「ふぁっ⁉」とか言ってしまう程に驚きました。

本作はＷｅｂ版から大幅な改稿・加筆を加えたもので、Ｗｅｂ版を読んだ方でも絶対に楽しめる内容となっております。なので、今この本を書店で手に取っているのであれば、迷わずレジへ向かってください。売れないと続巻が出ませんので、どうか……っ！（切実）

ちなみに、Ｗｅｂ版を読んだ方は「あれ？　あのシーンがない？」と思う事もあるかもしれませんが（パパとか）、一部のシーンは続巻以降に回すという方針を取っただけであり、消えた訳ではありませんのでご安心ください。

では、最後に謝辞を申し上げます。

第六回カクヨムWeb小説コンテスト選考委員の皆様、拙作にラブコメ部門大賞という評価を与えて頂き身に余る光栄です。

角川スニーカー文庫編集部担当の兄部様、出版のお誘いをかけて頂いたばかりか、本作の書籍化に際しての改稿計画に多大なご助力を頂き、心から感謝します。

イラストレーターのたん旦《たん》様、超絶美麗なイラストを描いて頂き狂喜乱舞しました。キャラクター達の心情なども汲《く》んでデザインや構図を工夫して頂き、感無量です。

Web小説投稿サイト『カクヨム』、『小説家になろう』の読者の皆様、私の初Web投稿作品を読んで応援して頂いて、本当にありがとうございます。

そして、この本を手に取って頂いた全ての皆様へ深くお礼を申し上げます。

可能であれば二巻でお会いしましょう。ではまた。

慶野由志

陰《いん》キャだった俺《おれ》の青春《せいしゅん》リベンジ
天使《てんし》すぎるあの娘《こ》と歩《あゆ》むReライフ

著　慶野由志《けいのゆうじ》

角川スニーカー文庫　23028

2022年2月1日　初版発行

発行者　青柳昌行

発　行　株式会社KADOKAWA
〒102-8177 東京都千代田区富士見2-13-3
電話　0570-002-301（ナビダイヤル）

印刷所　株式会社暁印刷
製本所　本間製本株式会社

Printed in Japan　ISBN 978-4-04-112232-7　C0193

★ご意見、ご感想をお送りください★
〒102-8177 東京都千代田区富士見 2-13-3
株式会社KADOKAWA　角川スニーカー文庫編集部気付
「慶野由志」先生
「たん旦」先生

角川文庫発刊に際して

角川源義

第二次世界大戦の敗北は、軍事力の敗北であった以上に、私たちの若い文化力の敗退であった。私たちの文化が戦争に対して如何に無力であり、単なるあだ花に過ぎなかったかを、私たちは身を以て体験し痛感した。西洋近代文化の摂取にとって、明治以後八十年の歳月は決して短かすぎたとは言えない。にもかかわらず、近代文化の伝統を確立し、自由な批判と柔軟な良識に富む文化層として自らを形成することに私たちは失敗して来た。そしてこれは、各層への文化の普及滲透を任務とする出版人の責任でもあった。

一九四五年以来、私たちは再び振出しに戻り、第一歩から踏み出すことを余儀なくされた。これは大きな不幸ではあるが、反面、これまでの混沌・未熟・歪曲の中にあった我が国の文化に秩序と確たる基礎を齎らすためには絶好の機会でもある。角川書店は、このような祖国の文化的危機にあたり、微力をも顧みず再建の礎石たるべき抱負と決意とをもって出発したが、ここに創立以来の念願を果すべく角川文庫を発刊する。これまで刊行されたあらゆる全集叢書文庫類の長所と短所とを検討し、古今東西の不朽の典籍を、良心的編集のもとに、廉価に、そして書架にふさわしい美本として、多くのひとびとに提供しようとする。しかし私たちは徒らに百科全書的な知識のジレッタントを作ることを目的とせず、あくまで祖国の文化に秩序と再建への道を示し、この文庫を角川書店の栄ある事業として、今後永久に継続発展せしめ、学芸と教養との殿堂として大成せんことを期したい。多くの読書子の愛情ある忠言と支持とによって、この希望と抱負とを完遂せしめられんことを願う。

一九四九年五月三日